AF197834

Otto W. Bringer

Der Anlass

Copyright: © 2021 Otto W. Bringer
Satz: Erik Kinting – www.buchlektorat.net
Umschlaggestaltung mit einem Detail der Skulptur des David von Michelangelo einschließlich aller Foto-Bearbeitungen von Otto W. Bringer

Verlag und Druck:
tredition GmbH
Halenreie 40-44
22359 Hamburg

978-3-347-24387-3 (Paperback)
78-3-347-24388-0 (Hardcover)
978-3-347-24389-7 (e-Book)

Bibliografische Information der Deutschen Nationalbibliothek:
Die Deutsche Nationalbibliothek verzeichnet diese Publikation in der Deutschen Nationalbibliografie; detaillierte bibliografische Daten sind im Internet über http://dnb.d-nb.de abrufbar.

Inhalt

Taufbecken im Baptisterium Siena von Antonio
Federighi 1428

Anlass

zu diesem Buch sind die in den letzten Jahren viru-
lenten Diskussionen über zudringliche Männer. Die
sich, Mannomann, keiner Schuld bewusst, als Opfer
weiblicher Verführungskunst sehen. Frauen aber
wollen nicht mehr schweigen, klagen sie an auf öf-
fentlichen Straßen und in sozialen Medien. Männer
in höchsten Positionen wegen unsittlicher Berüh-
rung, Gewalt und Vergewaltigung vor Gericht zitiert.
Es entsteht leicht der Eindruck, alle Männer seien
so. Noch nie standen sie so im Zentrum der Kritik
wie heute. Niemand aber spricht über die Ursachen
des sexuellen Triebs. In diesem Buch wird es zum
Thema. Emotionen, besonders der sexuelle Trieb
treibt Männer mehr als Frauen, es bei nächstbester
Gelegenheit zu praktizieren. Adam der erste, nach
dem Rausschmiss aus dem Paradies. Aggressiv die
einen, mit Schmeicheleien andere. Ist die Frau genau
ihr Typ. Zumindest aber spielen sie es in Gedanken
durch. Solche Prozesse lassen sich kaum beeinflussen, Verstand und Wille praktisch ausgeschaltet. Die
öffentliche Diskussion würde anders verlaufen, trä-
ten Frauen nicht nur als Opfer und Klägerinnen auf.
Würden auch alle wirkungsmächtigen, gesellschaftli-
chen Trends einbezogen. Werbung, freizügige Mode
und Hardcore-Pornofilme inklusive.

Mann: welch ein Thema!

Mann als Vergewaltiger verurteilt. Frau als emanzipiert gefeiert. #MeToo hat das Bild von Mann und Frau verändert. Kein Tag vergeht, an dem Frauen nicht vergewaltigt werden. Mutig geworden bekennen: #MeToo! Ich auch eine von ihnen. Twittern #MeToo. Fotos auf Facebook # MeToo. Heerscharen protestierender Frauen allen Alters auf Straßen, Schilder umgehängt: #meToo auch ein Opfer männlicher Gewalt. Prominente und Unbekannte. Stilisiert zur sozialen Frage. Als gäbe es nur diese Perspektive: Mann der Vergewaltiger.

Zweifellos werden Frauen vergewaltigt. Gegen ihren Willen zu Sex gezwungen, der einseitig bleiben muss. Nur die Lust des Mannes befriedigt. Frau leidet. Weniger körperlich als seelisch. Fühlt sich unterdrückt, nicht nur im wörtlichen Sinne.

Es gibt aber auch solche, die sich freiwillig einem Mann hingeben. Im Harem orientalischer Herrscher ging es ihnen besser als in ihrer Familie. Heute verdienen Frauen in Bordellen Geld, weil sie anders keine Chance sehen. Bordellbesitzer profitieren von ihnen das Vielfache ihres Honorars. Locken mit Vorliebe ahnungslose Immigrantinnen, denen sie eine rosige Zukunft versprechen. Zunehmend verabreden sich Männer im Internet mit

Frauen zum realen Sex. Für die ist Sex nichts anderes als ein Geschäft. Bieten nur ihren Körper an und ein paar Gefälligkeiten. Männer aber stehen unter Druck, ihre Libido zu befriedigen. Unverheiratete, aber auch solche, denen die Ehefrau nicht genügt. Mann und Frau scheinen auf ihre Kosten zu kommen.

Nach wie vor sind Mann und Frau freiwillig oder unfreiwillig am Sex beteiligt. Der Mann treibende, besser getriebene Kraft. Denn Frau provoziert Frau den Mann. Bewusst oder unbewusst. Durch ihre Weiblichkeit. Mit Busen und Po. Einer Figur, seit es Menschen gibt. Steilvorlagen für Künstler. Maler, Bildhauer und Fotografen. Phidias, Picasso, Newton. Und Millionen, die Selfies schießen und weltweit verbreiten über Facebook. Porno-Filme freizügig wie nie.

Man könnte die Bibel als Urheber anklagen. Gott schuf den Mann. Aus seiner Rippe Eva, die Frau. Mann von Natur so geartet, dass schon ein Minimum nackter Frau seinen Testosteronspiegel steigen lässt. Ob er will oder nicht. Gott aber wollte die Menschheit nicht aussterben lassen. Bald werden es zehn Milliarden sein. Auch wenn Wohlstands-Gesellschaften Sex als Vergnügen betrachten und gelernt haben Schwangerschaften zu vermeiden. In Drittländern boomt die Geburtenrate.

Auch die Mode hat Frauen attraktiver gemacht. Nicht selten schöner erscheinen lässt als sie von Natur aus sind. Und begehrenswert. Hotpants zeigen Bein und Po, T-Shirts Busen, nackte Haut. Fragen sollte Mann doch stellen dürfen. Oder?

Die Bibel wird uns durch dieses Buch begleiten. Nicht, weil sie sich schön erzählen lässt, viele sich erinnern. Auch nicht als Grundlage eines Glaubens. Sondern weil sie menschliches Verhalten widerspiegelt. Neben Wissenschaft Anlässe bietet, sie zu zitieren, um zu verstehen, warum Männer anders sind als Frauen.

Zur Erinnerung

Unabhängig von der Theorie Darwins, alles Leben sei aus einer Urzelle entstanden, soll die Bibel, das meist gelesene Buch der Welt, zitiert werden. Um zu veranschaulichen, was damals passierte oder passiert sein soll. Auch wenn Bibelforscher und Kenner der Hebräischen Sprache anderer Meinung sind, als man allgemein glaubt und für richtig hält. Adam sei kein Name, sondern hieße Mensch. Die Frau aus seiner Rippe eine Seite dieses ersten Menschen, wörtlich gemeint. Beide das Geschöpf eines Gottes, der keinerlei Geschlecht angehört. Obwohl wir gelernt haben, von dem Gott zu reden. Auf allen Bildern ist er ein Mann.

Dieser Gott also erschuf den ersten Menschen nach seinem Ebenbilde, heißt es. Einen Mann, aus Erde geformt. Hauchte ihm Leben ein und nannte ihn Adam, einen Anfang zu machen wie im Alphabet. Was macht ein Mann allein, sprach Gott, ohne dass es einer hörte. Eine Gefährtin braucht ein jeder. Wartete, bis Adam schlief und trennte eine Rippe von seinem Brustbein. Skulptierte eine Frau daraus. Wie immer er es fertig brachte, aus einem Knochen eine Frau mit Busen, Po und Vagina zu schnitzen. Es sei dahin gestellt. Ein Gott kann alles, sonst wäre er kein Gott. Auch der antike griechische Zeus wird Göttervater genannt. Weil es ihm gelang, mächtig zu werden wie alle griechischen Götter zusammen.

Was Adam und Eva miteinander gemacht, über was sie gesprochen haben, ist nicht überliefert. Nur, dass Eva ungehorsam gewesen. Trotz Verbots im schönsten Teil des Paradieses von einem Baum einen Apfel gepflückt und gegessen. Bibelforscher sagen, es sei eine Feige gewesen. Äpfel wüchsen nicht im Orient. Wie dem auch sei, Eva glaubte, es sei Gott gefällig. Eine frisch gepflückte Frucht im Mund versetze das Gehirn in die Lage, Gut von Böse zu unterscheiden. Voraussetzung, ein gutes, Gott gefälliges Leben zu führen. Dieser Rat der Schlange auf einem Ast des Apfelbaums habe sie überzeugt. *Seid klug wie die Schlange*, mahnte Jesus ein paar Jahrtausende später.

Auch Eva schien es logisch zu sein und verführte Adam, ihren Gefährten: „Iss auch einen Apfel.“ Der Mann folgte dem Rat einer Frau, was blieb ihm anders übrig. Beide überzeugt, Gott wird sie dafür loben und belohnen.

Bekanntermaßen geschah das Gegenteil. Gott persönlich oder einer seiner Super-Erzengel trieb Adam und Eva aus dem Paradies. Was nun? Fragten sich die beiden und erkannten sich. So umschreibt die Bibel Lust auf Sex. Denn Adam erkannte Eva als Frau. Eva ihren Gefährten, als Mann. Äußere Merkmale zum ersten Mal gesehen. Der Unterschied muss Adam umgehauen haben. Sein Penis wurde beim Anblick der nackten Eva groß und größer, stocksteif.

Ein bisher unbekanntes Drängen in seinem Innern wuchs mit einer Intensität, der er weder widerstehen konnte noch wollte. Sein ganzer Körper gespannt bis aufs Äußerste. Ließ kommen, was kommen musste. Folgte allein diesem Trieb, Verstand und kritische Distanz ausgeblendet. Adams erigierter Penis suchte und fand von allein die Öffnung zwischen Evas Beinen. Stieß mit Lust und Ausdauer immer wieder hinein. Bis er erschöpft und auf seltsame Weise glücklich war wie noch nie zuvor. Egal muss ihm gewesen sein, was danach passiert. In seinen Ganglien nur ein einziger Gedanke: Semper idem – weiter so! Gott dürfte sich insgeheim gefreut haben, dass der Fortbestand des Menschengeschlechts gesichert war. Und er einen Anlass, seinen Sohn zu schicken. Alle Geschöpfe zu retten, die ihren Ungehorsam ehrlich bereuen.

Wer will sich zum Richter erheben und über Adam, den Urahn aller Männer urteilen? Ihn gar verurteilen wegen Vergewaltigung? Sind Männer heute noch so einfältig in Sachen Kopulation? Außerstande, ihren Trieb zu bändigen? Oder haben sie gelernt, Frauen zu achten, wenn sie sie schon nicht lieben können. Wer dieses Buch weiterliest, wird viele Aspekte dieser Beziehung zwischen Mann und Frau erkennen. Und wie notwendig sie ist, auch wenn jüngst Londoner Frauen in den Gebärstreik traten. Besorgt, weil ihre Kinder im wärmer werdenden Klima kein gutes Leben mehr haben würden. Klima die eine, #MeToo die andere Seite derselben Medaille. Jeder aber, Mann und Frau wissen schon lange, wir leben in nachparadiesischen Zeiten.

Wann ist der Mensch ein Mann?

Schauen wir uns zuerst seinen Körper an. Dann das, was man Intelligenz nennt. Charakter und Vorlieben. Vergleichen und erkennen Unterschiede zur Frau, ohne sie zu werten. Lesen, was im Alten Testament darüber geschrieben steht. Alexander der Große für seine Soldaten die Ehe mit Frauen seines Gegners arrangierte. Papst Innozenz II. als Nachfolger Petrus' auf dem 2.Vatikanischen Konzil 1139 das Zölibat für geweihte Priester vorschrieb. Keusch sein und auf die Ehe verzichten. Graf Cagliostro locker zum Thema meinte. Oder Don Juan. Simone de Beauvoire oder Alice Schwarzer in ihren Büchern geschrieben. Pablo Picasso in Bildern und Plastiken Unterschiede verneinte oder überbetonte. Philosoph Houllebeck auf den simpelsten Nenner brachte: Sex.

Laut neurologischer Forschung ist dafür der «Nucleus praeopticus medialis» verantwortlich. Nur wenige Millimeter kleines Nervengebilde im Zwischenhirn. Bei Männern und männlichen Säugetieren sind Dominanz, Aggression und Sexualität zu einem Auslöser verknotet. Bei Frauen in verschiedene Nervenbahnen verlagert. So erklärt sich das Verhalten des Mannes. Inwieweit es mit dem Verstand, natürlichen oder künstlichen Mitteln zu steuern ist, eine andere Sache.

Beginnen wir mit dem Körper, dem Corpus Delicti dieser erstmals in aller Öffentlichkeit geführten gerichtlichen Auseinandersetzung, die #MeToo ausgelöst hat.

Sofort denken Väter an den Sohnemann. Als er noch nackt vor ihnen auf der Windel lag. Mit Armen und Beinen strampelte. Das Minimum von Penis aber sichtbar. Spritzte Pipi in Windel oder aufs Betttuch. Und krähte vor Vergnügen. Kommen Knaben in die Pubertät, schämen sie sich, nackt zu sein. Es könnte einer in der Umkleidekabine sehen, wie klein ist, was größer sein soll. Und nackt ohne Haarbüschel wie beim Klassenkameraden.

Kunstfreunde denken an Michelangelos «David». Diesen über fünf Meter aufragenden Jüngling, der bereits ein Mann ist. In der «Galleria dell' Accademia» in Florenz zu bewundern. Restauriert und vom Schmutz aus Luft und schädlichen Emissionen befreit. Makellos weiß schimmert der Carrara-Marmor, das Ideal eines Mannes zu symbolisieren. Vom Bildhauer mit kritisch wägendem Blick gemeißelt und geschliffen. Kunstverständige loben seine bildnerische Qualität: ausgewogen mit Stand- und Spielbein, ein Arm gesenkt, der andere mit der Schleuder über die linke Schulter erhoben im klassischen Sinne. Antike in der Renaissance wieder auferstanden. Auferstanden auch der Mensch. Mann und Frau. Nackt wie Gott sie schuf. Frauen bei Michelangelo mit reifen Brüsten und gebärfreudigem Gesäß. David, der Mann, mit Muskeln, kleinem Po, Penis und Hodensack an zentraler Stelle. Da, wo Bauch und Oberschenkel eine Art Mittelpunkt bilden.

In direktem und indirektem Sinn. Direkt, weil Penis das einzige Werkzeug des Mannes ist, über das er verfügt, seine Spezies zu vervielfältigen. Indirekt, weil «Spermien», schwänzelnde Samen, durch diese Röhre in den Leib der Frau gelangen. Mit einigem Glück gelingt es einer, die Eizelle zu finden. In der sie sich einnistet. Damit aus der Kopulation ein Mensch entsteht. Vom Schöpfergott gewollt, die Erde zu bevölkern bis zum Jüngsten Tag.

Funktionieren kann es nur, wenn der Penis erigiert, das heißt steif ist wie ein Stock. Hinein stößt tief in die Vagina der Frau. Und penetriert, bis es spritzt und Lust den Verstand hinter sich lässt, wie unnützen Ballast. Mann so bei sich selbst, dass die Frau nicht existiert in solchen Augenblicken. Das Ego befriedigt wie sonst bei keiner körperlichen Tätigkeit.

Wie kommt? Fragen sich Heranwachsende Jungs. Werde ich auch so einer, der nur an sich selber denkt? Kaum die pubertäre Phase hinter sich, ist Sex einer der reizvollsten Gedankenspiele. Das ist der Knackpunkt. Wo sich Lust und #MeToo begegnen. Ohne sich zu verstehen. Mann die Frau nicht. Frau den Mann nicht. Wie kam es zu diesem grandiosen Missverständnis?

Bibelkenner berufen sich darauf, dass Adam der erste Mensch war, den Gott erschaffen. Anhänger Darwins überzeugt, am Anfang stand die Urzelle. Aus der sich auch der Mensch entwickelte. Das jeweils stärkere setze sich durch. Männer sehen sich als den stärkeren. Auch weil sie Gott hinter sich wissen. Betonen es bis heute mit mehr oder weniger Nachdruck. Logisch, dass Männer sich auch intelligenter als Frauen fühlen. Und daher von Natur aus dafür vorgesehen, ihre subjektive Vorstellung von Mann als Herr und Frau als Dienende durchzusetzen. Eine divergierende Sicht von der Welt eingeschlossen. Wie war das damals zur Stunde Null? So könnte es geschehen sein:

Aus dem Paradies vertrieben, mussten Adam und Eva ganz von vorne anfangen. Auf sich allein gestellt. Kein kluger Ratgeber weit und breit. Niemand, den sie fragen konnten. Fragten sich selber. Adam: Was mach ich bloß, sie sieht so anders aus? Eva: Was mach ich bloß, er sieht so anders aus? Bald dachten sie nicht mehr darüber nach. Ein bisher nicht gekanntes Gefühl trieb sie zueinander, drängte sie, eins zu werden. Bis Adam den inneren Druck los und beide erschöpft, alle Viere von sich streckten. Auf seltsame Art glücklicher als zuvor im Paradies. So glücklich, dass es sie drängte, diese Momente des Glücks zu wiederholen. Immer wieder neu zu erleben. Als erste Houllebecks These im Vorhinein bestätigt: Sinn und Zweck allen Lebens ist der Sex.

Aber außerhalb des Paradieses gab es ein Problem. Von Liebe allein kann ein Mensch nicht leben. Bisher brauchten sie sich nur zu bücken, die Hand auszustrecken, und hatten sattsam zu essen. Ein Bach schlängelte sich entlang ihrer Wege, wo sie auch gingen. Schöpften das klare Wasser mit der hohlen Hand, ihren Durst zu stillen. Nahmen, so oft ihnen danach war, im fließenden Nass ein erfrischendes Bad. Immer schien die Sonne warm und reif die Früchte an Bäumen und Sträuchern. Das alles nicht mehr. Was nun? Aus einem Himmel geworfen, der nicht mehr heiter war, fühlte Eva sich nackt und beobachtet. Scham rötete ihre Wangen, ein bisher unbekanntes neues Gefühl. Rannte zu einem Feigenbaum, riss eines der großen Blätter ab und hielt es sich vor den Leib. Niemand sollte ihr zu nahe kommen.

Adam traute seinen Augen nicht. Ist das meine Eva? Wollte sie fragen: Was ist mit Dir los? Da erinnerte er sich an ihr ungewohntes Verhalten unter dem Apfelbaum. Als er sie fragte: was isst du da gerade? Sie lachte ihm ins Gesicht und sagte nur: Iss auch einen Apfel von diesem Baum. Dann kannst du wie ich Gut von Böse unterscheiden. Was ist gut und was böse? Wollte er fragen. Noch nie gehörte Worte. Doch sie lächelte so verführerisch, dass er einen Apfel vom Baum pflückte. Kaum hatte er hineingebissen, donnerte es vom Himmel. Gottes Stimme hallte: „Raus mit Euch! Raus aus dem Paradies! Obwohl ich es euch verboten hatte, aßet ihr Früchte des Apfelbaums." Ehe sie sich versahen, trieb sie ein Erzengel mit ins Riesige gewachsenen Flügeln aus dem Hellen ins Dunkle. Nebelschwaden umflorten sie. Dass sie nicht wussten, wo Nord oder Süd, Ost oder Westen ist. Tag oder Nacht.

Adam dachte: hätte ich nicht auf sie gehört, wäre ich heute noch im Paradies. Typisch Mann, dachte Eva, als hätte sie gewusst, was in ihm vorging. Jetzt aber müssen sie gemeinsam überlegen, wie es mit ihnen weitergehen soll.

Bevor sie sich auf die Suche nach Essbarem machten, meldete sich bei Adam der Nucleus praeopticus medialis. Sah Avas Brüste, erinnerte an das, was sich unter Evas Feigenblatt verbirgt. Beider Libido stärker als Hunger nach Bananen. Auch

Eva spürte dieses Verlangen. Sehnsucht nach paradiesischen Zuständen und gesteigerte Lust machte sie erneut willenlos. Ein jüngst erst kennengelerntes, mächtiges Gefühl zog sie erneut zueinander, ineinander. Nicht ahnend, welche Folgen es für sie haben wird.

Neunmal rundete sich der Mond und sie gebar einen Sohn. Sie nannten ihn «Kain». Adam froh, ein Kind zu haben, das ihm gleicht. Den gleichen Zauberstab wie er, nur klein wie alles noch klein bei Kindern. Später einmal wird er größer werden können und Kinder zeugen. Ein Mann geworden wie ich. Kein Jahr später kam ein zweites Kind auf die Welt. Wieder ein Sohn, den sie «Abel» nannten. im nächsten «Set», der dritte Sohn. Adam außer sich vor Freude. Der erste Mensch vervielfacht sich. Jungen kommen und keine Mädchen. Das hat Gott gewollt, dachte Adam. Die Jungen konnte man mit dem Namen unterscheiden. Das reicht und die Zukunft rosig, weil wir sie gestalten. Viele Männer-Geschlechter werden die Wildnis um uns herum in ein neues Paradies verwandeln.

Nun ist es so, dass alle Menschen älter werden und schwächer. Auch Adam und Eva, seit sie das Paradies verlassen mussten. Nicht mehr können, was sie nach dem Rausschmiss noch spielerisch erledigten. Aus Lust und angeborener Verfahrens-Technik Kinder in die Welt zu setzen. Anzeichen dafür gab es schon. Seine Haare grau, fielen aus, die Gelenke schmerzten. Die sexuelle Lust erlahmte. Seit er feststellen musste, sein Penis braucht lange, bis er funktioniert, wenn überhaupt. Eva klagte über Rückenschmerzen, ihre Brüste hingen herunter wie ausgeleiert. Geneigt, sich Adam hinzugeben nur, wenn er ihr leid tat. Sie selbst schon länger keinen Spaß mehr am Sex wie früher.

Kinder aber ihr ein und alles. Sah sie groß und größer werden. Selbstständig agieren. Jeder auf seine Art. Sorgte sich um Kain, dessen ungestümes Temperament ihr Angst machte. Gehorchte ihr nicht und machte, was er wollte. Abel friedlich und Set noch klein und unter ihrer Obhut im Haus.

Adam beruhigte sie, Kain sei der stärkere der beiden. Später wird er der Beschützer seiner Brüder sein. Abel, der Zweitgeborene, reif für sein Alter, ein freundlicher junger Mann. Eva fühlte sich zu ihm hin gezogen, umarmte ihn häufiger als seinen älteren Bruder Kain. Sprach häufiger mit ihm, von seiner Intelligenz beeindruckt. Auch über Gott, der alle Menschen liebt. Es kam, wie es kommen musste. Kain sah sich vernachlässigt. Enttäuscht, weniger geliebt als Abel, von seiner

Mama und von Gott. Von Tag zu Tag zorniger, beschloss er, ihn zu töten. Lockte Abel abseits auf ein freies Feld, erschlug ihn mit einem Stein. Und verschwand, nachdem Gott ihm ein Kains-Mal auf die Stirn gebrannt. Menschen vor dem Bösen zu warnen. Auffällig, dass an prominenten Stellen der Bibel böse Männer zitiert werden. Kain im Alten Testament. Judas im Neuen.

Wie überhaupt das Alte Testament überwiegend Geschichten von Männern erzählt. Vielleicht liegt es daran, dass sie im Volke Israel höhere Wertschätzung genossen als Frauen. Neues Leben zeugten, damit das Volk der Juden nicht ausstirbt. Auch als Ansprechpartner Gottes Führungsrollen übernahmen. Denkt man an «Mose», der auf Gottes Befehl zehn Gebote in Stein gehauen. Verhaltenskodex für alle Menschen damals, heute und in aller Zukunft. Oder «Noah». Der zehnte Urvater der Menschheit seit Adam. Zehnter Vorfahr von Abraham. Auf diese drei bezieht sich aus biblischer Sicht die Herkunft jedes einzelnen Menschen. Selbst Mohamed anerkennt Abraham als Urvater aller Araber, die an Allah glauben. Und nun zu Noahs Geschichte:

Laut Genesis 5.28 ärgerte sich Gott über die Sündhaftigkeit der Menschen. Beschloss, die ganze

Menschheit auszulöschen. Schickte eine Sintflut, den ganzen Erdball zu überschwemmen. Erbarmte sich aber des frommen Noah und seiner Familie. Befahl ihm, eine Arche zu bauen. Man muss sie sich wie eine Art Floß vorstellen, mit einem hausähnlichen Aufbau. Auf dieser Arche wollte Gott Noah und seine Familie vor dem Untergang in der Sintflut zu retten. Tiere durften sie mitnehmen, von jedem ein männliches und ein weibliches. Sich zu vermehren. Auch Tauben waren dabei.

Als sie wieder festen Grund unter sich hatten, schloss Gott einen Bund mit Noah. Übergab ihm unbeschränkte Herrschaft über alles Leben auf der Erde. Versprach, nie wieder eine Sintflut zu schicken. Der Regenbogen am Himmel das sichtbare Zeichen seines Versprechens. Noah seinerseits jubelte, als eine freigelassene Taube zurückkam. Den grünen Zweig eines Ölbaums im Schnabel: Land in Sicht.

Manch einer wird sich fragen, war es gerecht, alle anderen Lebewesen, Menschen und Tiere dem sicheren Tod auszuliefern? Eine Arche ist kein Superüberseedampfer. Eine ganze Flotte hätte es gebraucht, alles Lebende zu retten. An Gott zweifelnde Menschen und unschuldige Tiere. Sollte dieser Gott nicht auch ein gnädiger Gott sein? Für den Martin Luther ihn hielt. Millionen Gläubige zu ihm trieb. Weg von der Römisch Katholischen Kirche, die Himmel und Hölle predigt. Der Mensch sei gut und böse. Eine Folge der sogenannten Erbsünde. Begangen von Adam und Eva, weil sie Gott nicht gehorchten. Vom verbotenen Baum Äpfel gepflückt und gegessen. So schließt sich der Kreis für alle, die erkennen wollen, was wahr ist. Gepredigt oder wirklich geschehen.

Gott hat Wort gehalten. Nach Noah keine Sintflut mehr geschickt. Aber Tsunamis, Land zu überschwemmen. Erdbeben und Vulkanausbrüche das Leben unschuldiger Menschen und Tiere auszulöschen. Sind es nur Nadelstiche Gottes? Wie Zollerhöhung und Sanktionen von Staaten. Die die USA über China und den Iran verhängen. Nichts anderes bewirken, als dass diese Staaten die USA mit gleichen Mitteln und Maßnahmen ärgern. Ob Gott ebenso verfährt, ist keine Frage mehr.

Seit Corona-Pandemie ausnahmslos die ganze Menschheit erfasste. Sie wird von vielen als Strafe Gottes empfunden. Für Sünden, die es früher nicht gab: Geld das Maß aller Dinge. Freie Liebe, offen bekannte Homosexualität. Kirchenaustritte noch und noch. Wo aber ist die Arche, auf die sich retten können, die Gott und ihren Nächsten lieben? Ihnen bleibt wie der gesamten Menschheit nichts anderes übrig, als sich und andere mit einer Gesichtsmaske zu schützen. Distanz zu halten zum anderen. Auf Umarmungen zu verzichten, wichtiger als tröstende Worte. Auf Theater, Konzerte und Sportveranstaltungen, die unser aller Leben bereichern. Ist das nicht Strafe genug, mein Gott? Liebst Du deine eigenen Geschöpfe nicht mehr?

Auch Abraham brachtest du zur Verzweiflung. Als du ihm befahlst, seinen Sohn Isaak zu töten. Das Schwert schon erhoben, Gottes Befehl auszuführen. Gott aber fiel nichts anderes ein, als ihm zu sagen: Stopp! Ihn zu loben, weil er ihm gehorchte. Gott also mehr liebte als seinen eigenen Sohn. Ist ein Mann zu Gehorsam verpflichtet? Egal, um was es geht. Einseitig orientiert. Schwarz oder weiß? Sein ganzes Denken und Fühlen nur eine Richtung kennt. Gott? Macht oder Geld?

Die bisher erforschte Geschichte des Menschen beweist, Männer waren immer schon einseitig vom Nucleus beeinflusst. Selbstbewusst, aggressiv und sexuell aktiv. Jäger von Natur. Psychologen vertreten die These, die Ursprünge der evolutionären Entwicklung des Menschen seien auch im modernen Mann noch evident. In seinem Streben nach Macht und Geld. Im Verhalten zu Frauen und als Soldat in Kriegen. Einen Feind töten ist wie Wild auf der Jagd erlegen. Weckt kein Schuldgefühl, sondern Stolz auf den Jagderfolg. Wie könnte man sich sonst erklären, dass im zweiten Weltkrieg hunderttausende deutscher Soldaten Juden in den Kampfgebieten erschossen, ohne schlechtes Gewissen. Weder zur Tatzeit noch im Nachhinein.

Um das zu verstehen, müssen wir nicht zu Adams oder Abrahams Zeiten zurück. Es genügen drei Jahrzehntausende, zu sehen, wie alles angefangen hat. Zeichnungen in Höhlen zeigen Männer auf der Jagd. In vielen Regionen der Welt fand man prähistorische Höhlenmalerei. Etwa dreißigtausend Jahre alt. Bekannt sind die in Lascaux, Frankreich. Altamira, Spanien, bei Palermo auf Sizilien. Auch in der Sahara, in der Oase Charga, Ägypten, in Tassili, Algerien, Südamerika und Asien. Neuerdings entdeckte die Paleontologin Madeleine Böhme im Süden Bayerns Fußabdrücke. Spuren jagender Menschen vor über elf Millionen Jahren. War also der erste Mensch ein Europäer und kein Afrikaner?

In Höhlenbildern jagen Männer mit Speeren oder Pfeil und Bogen Wisente, Büffel oder andere Vierbeiner. Weil sie von irgendwas leben mussten. Nach dem Genuss von deren Fleisch fühlten sie sich mehr gestärkt als von Beeren, Blättern oder

Wurzeln. Jagen war in ihren Genen angelegt. Fleisch muss zu Fleisch wie Mann zu Frau. Denn Fleisch ist Energie. Pausenlos motiviert, auf Jagd zu gehen, nach was auch immer. Frauen brauchten sie nicht zu jagen. Sie waren immer am selben Ort zu finden. Hausmütterchen lästerte man abschätzig noch vor wenigen Jahren. Aber Frauen waren und sind im Gegensatz zu Männern anders orientiert. Vielseitiger. Doch darüber später in diesem Buch.

Männer, wie gesagt, sind einseitig orientiert. Man kann es gut und notwendig finden, mit einem Auge durch das Fernglas am Jagdgewehr den Blattschuss anzuvisieren, um zu treffen. Ohne dieses technische Hilfsmittel kann er kaum erfolgreich sein. Der Schütze blamiert. Das Letzte, was einem Mann passieren darf. Doch die Wenigsten sind passioniert, Wild in der Wildnis zu jagen. Ihr Jagdrevier Gelegenheiten, das Ego zu entfalten.

So fing es an in prähistorischer Zeit. Außer Tieren Frauen das Objekt ihrer Jagdlust. Söhne wurden geboren, die Macht der Männer zu vergrößern. Und Söhne wieder Söhne, damit für die Zukunft sichergestellt ist, was Männer an sich gerissen. In erster Linie jagen, um sich als Mann zu fühlen. Stärke und Ausdauer zu beweisen. Nebenbei die ganze Familie mit Nahrung zu versorgen. Sie zu beschützen. Hätten sie gewusst, was Wissenschaft heute ermittelte, wären sie nicht so optimistisch gewesen. Männer, deren Hoden viele Spermien produzieren, zeugen Töchter. Die weniger, Söhne.

Damals schon waren Männer zielorientiert. Zeugten solange, bis ein Sohn geboren wurde, um ihr Nachfolger zu werden. Besonders, wenn sie eine führende Stellung innehatten. Die des Häuptlings eines Clans zum Beispiel. Leicht passierte es nach einem Jagd-Unfall. Immer aber mussten sie die Rolle ihres Vaters übernehmen, wenn er, alt und gebrechlich, nicht mehr jagen konnte. Nur noch Pflegefall für Frau und Kinder. Jetzt war der älteste Sohn Ernährer und Beschützer der großen Familie. Die ganze Sippschaft eingeschlossen. Heute noch bei afrikanischen Stämmen und indigenen Völkern in Amerika und Ozeanien. Hie und da beim europäischen Adel.

Im Mittelalter waren es Herren großer Latifundien mit eigenem Ritterheer. Macht zu erhalten und zu vergrößern. Wollten sie sich mit Ruhm bekleckern, mussten sie sich über die Grenze ihres eigenen Landes bemerkbar machen. Über Jahrhunderte hatte die besten Aufstiegs-Chancen, wer militärisch erfolgreich war. Oder gute Beziehungen pflegte. Kurfürsten zu ihresgleichen, die einen von ihnen zum König wählten. Stellten ihnen Ämter oder Territorien in Aussicht, sie geneigt zu machen. Heute noch übliche Praxis von Lobbyisten. Gelder fließen und keiner weiß woher, an wen? Aber es wirkt. Manches wird im Nachhinein aufgedeckt und verurteilt. Ob es diese Praxis in Zukunft verhindert?

Bis zum Ende vieler regierender Monarchien nach 1918 in Europa hatte ein Graf gute Chancen, vom König den Herzog-Titel zu erhalten. Wenn er sich verdient gemacht. So auch vom Herzog den Grafen-Titel. Vom Grafen den Titel Baron. Starb oder verunfallte ein Herzog, Graf oder Baron, musste ein Nachfolger her. Söhne in den meisten Fällen, auch wenn sie unbegabt, nicht fähig, ein Land zu regieren. Frauen nicht gleichberechtigt. Von Elisabeth I. und russischen Zarinnen abgesehen. Frauen von Adligen die ehrenwerte, geschätzte Gemahlin, zumindest nach außen hin. Englands König Heinrich VIII. beweist das Gegenteil. Bekannt für seine sechs Ehen. Von zwei Ehefrauen ließ er sich scheiden, weil er sie leid war. Anne Boleyn und Catherine Howard sogar hinrichten. Heinrich regierte nach alter Tradition als Sohn Heinrich VII. von 1509 – 1547, nachdem er sich von Rom gelöst hatte.

Seit 911 wurden in Deutschland Söhne eines Königs nicht mehr automatisch Nachfolger auf dem Thron. Die Mehrheit von sieben Kurfürsten entschied, wer aus ihrem Kreis gewählt, der nächste König wird. Nicht selten gelang es dem Geschicktesten, Favorit zu sein. Indem er jedem der beteiligten Kurfürsten nach Regierungsantritt lange schon angestrebte Vorteile glaubwürdig in Aussicht stellte.

Einzige Ausnahme die Inthronisation eines Kaisers. Infrage kamen nur Könige, die sich verdient gemacht. Ein großes Reich zusammengehalten. Auch im Sinne der Kirche. Ihn konnte nur der Papst in Rom zum Kaiser krönen. Und ihm die Kaiserkrone wieder abnehmen, wenn er ihm nicht passte. Naheliegend, dass es ein katholischer, Rom höriger König war. Bemerkenswertestes Beispiel «Friedrich II.» aus der Staufer-Dynastie. Von 1220 – 1245 Kaiser des Heiligen Römischen Reiches. Es reichte von Dänemark, über Deutschland, Österreich und die Schweiz bis in den Süden Italiens. Schlesien im Osten, Niederlande, Belgien und Burgund im Westen.

Geschickt ging Friedrich auf Wünsche des Papstes ein. Sandte ihm Zeichen der Unterwürfigkeit. Aber Kreuzzüge entsprachen nicht seiner

Vorstellung von Politik. Statt mit einem Heer nach Jerusalem aufzubrechen, verhandelte er mit dem dortigen Sultan. Zehn Jahre Frieden das Resultat dieser Gespräche. Christen aus aller Welt konnten die heiligen Stätten ungehindert besuchen. Papst Innozenz IV. aber wollte Krieg. Ungehorsam also der Anlass, den Kaiser kraft päpstlicher Oberhoheit abzusetzen. Auch seinen Sohn Konrad aller Titel und Ämter zu entheben. Ein für alle Mal die Macht der Staufer zu brechen.

Das Urteil eines Papstes war nicht anfechtbar. 1245 Auf dem kurzfristig in Lyon einberufenen Konzil vor versammelten Kardinälen ausgesprochen. In einer Bulle verewigt, mit dem Siegel des Papstes bestätigt. Friedrich unter Zeugen ausgehändigt. Der Papst ein Mann, sah sich als Stellvertreter Gottes auf Erden. Ihm musste man gehorchen, wie man Gott gehorcht. Wer nicht parierte, wurde aus dem Paradies geworfen. Was mag Friedrich gedacht haben, als er von heute auf morgen entlassen war. Heute können es ihm rumänische Leih-Arbeiter an Fließbändern vieler Firmen nachfühlen.

Noch immer ist ein Mann an der Spitze großer Weltreligionen. Bei Protestanten und Orthodoxen ein Bischof, bzw. Patriarch als Oberhaupt seiner

Kirche in jedem einzelnen Staat. Ebenso ein Ali Chamenei jeder Glaubensrichtung im Islam. Nur in der Römisch-Katholischen Kirche ist der Papst höchste Instanz für alle Katholiken auf der ganzen Welt. Bischöfe, Pfarrer und Kapläne in ihren Bereichen. Immer noch zelebriert ein Mann die Heilige Messe. Obwohl Frauen protestieren. Mitglieder von «Maria2.0» fordern gleiche Rechte, auch als Frau in der Messe die Wandlung von Brot und Wein in Leib und Blut Christi zu vollziehen. Noch steht die Entscheidung aus. Man beschäftige sich mit dem Thema, heißt es.

Zum Glück haben die geweihten Männer politisch keine fiskalische Macht mehr. Dürfen aber in den meisten Ländern ihre Meinung sagen. Äußern sie auch in Diktaturen, nur verklausuliert. Verstanden nur von denen, die die entsprechenden Stellen in der Bibel kannten. «Kardinal von Gahlen» in Münster der einzige, der ungeschoren von der Kanzel gegen die Nazis wettern konnte. Weihnachten geißelte er den von Herodes befohlenen Kindermord in Betlehem. Und alle wussten, er meint die Ermordung von abertausend Judenkindern in KZs. Man ließ ihn gewähren, weil er bekannt und beliebt im ganzen Reich. Katholiken wären aufgestanden und die Nazis ein Problem gehabt.

Heute beschränkt sich der Klerus darauf, die

Gemeinde aufzufordern, Gottes Wort ernst zu nehmen im Alltag. Den Gottesdienst besuchen. Friedlich sein, den Nächsten wenigstens achten, wenn sie ihn schon nicht lieben können. Auch Flüchtlinge und Fremde, nicht katholische, die an Allah oder gar nichts glauben.

Zurück zu kriegerischem Tun von Männern als Chance. Jeder konnte Karriere machen, kämpft er für die Interessen eines der Mächtigen. Auch wenn er ein Ausländer war. «Prinz Eugen», aus dem Adelsgeschlecht der Savoyer, der bekannteste von ihnen. Kämpfte auf Seite der Habsburger Monarchie. Weil er dort bessere Chancen sah, aufzusteigen. Sein strategisches Talent in etlichen Scharmützeln im Türkenkrieg wurde belohnt. Befördert in rascher Abfolge. Zuletzt 1697 nach dem entscheidenden Sieg über das türkische Heer, das Wien drei Jahre lang immer wieder belagert hatte. Die Angst vor Islamisierung des Abendlandes war riesig.

Nachdem die Türken geschlagen und endgültig vertrieben waren, erhielt der Prinz den Titel Feldmarschall. Oberbefehlshaber aller Streitkräfte der Habsburger Monarchie. Kaiser »Leopold I.» holte ihn als Mitglied des Geheimen Rates an seinen Hof. Der Name Prinz Eugen in aller Munde und

Herzen. Helden brauchte nicht nur ein Kaiser oder ein König. Helden brauchte auch das Volk. Auch heute noch geliebt. In Kino, Fernsehen, Videos und Play-Mobiles scheinen sie nicht auszusterben.

In der griechischen Mythologie wird Achilles als unbesiegbarer Held gefeiert. In realen Kriegen als Vorbild für alle. Im ersten Weltkrieg Manfred von Richthofen erfolgreichster Jagdflieger. Im zweiten Weltkrieg Günter Prien, Kapitän eines U-Bootes, der ein feindliches Schiff nach dem anderen versenkte. In jüngerer Zeit Nelson Mandela, der für Gleichberechtigung Schwarzer in den USA kämpfte. Männer, wie jeder weiß, obwohl auch Frauen Heldentaten vollbrachten und immer noch vollbringen. Wenn es um Gleichberechtigung geht. Oder globale Probleme wie das wärmer werdende Klima.

Immer aber scheinen in kriegerischen Auseinandersetzungen, Männer die Helden zu sein. Heute auch im Wettbewerb der Anbieter von Waren und Dienstleistungen. Oder drängen sie sich nur vor? Von männerfreundlichen Medien hochgelobt. Frauen, wie so oft, die Benachteiligten. Ihre Geschichte aber beweist, dass sie wie Männer kämpfen konnten.

Schon in der griechischen Mythologie treten «Amazonen» als reitende Kämpferinnen auf. Antike Historiker und Dichter beschrieben sie als männergleiche Heldinnen. In vielen erhaltenen Marmor-Reliefs dargestellt. Realiter gaben auch Frauen Befehle, Krieg zu führen. Die ägyptische Königin «Hatschepsut» um 1450 v. Chr. befahl das an Gold reiche Nubien zu erobern. Um 800 suchte die 20jährige Wikingerfrau «Signe» den Mörder ihres Vaters. Ritt von Schweden bis ans Schwarze Meer. Fand und tötete ihn, die Ehre ihrer Familie wieder hergestellt. «Jeanne d'Arc» 1410 – 1431, kämpfte an der Spitze französischer Soldaten gegen englische Besatzer. Zarin «Elisabeth I.» 1709 – 1762 beteiligt am 7 jährigen Krieg um die Vormacht in Europa. «Magret Thatcher», Premier-Ministerin Groß-Britanniens, befahl, das Streben der Falkland-Inseln nach Selbstständigkeit mit Gewalt zu verhindern. Die genannten Frauen hatten Macht, die ihnen zustand. Gemäß geltender Sitte, intuitiv, geerbt oder demokratisch gewählt. Wie Männer überzeugt, recht zu handeln, zum Wohle von Familie oder Volk aktiv werden zu müssen. In verantwortlicher Position von Fakten und männlichem Genom veranlasst, nicht zu verhandeln, sondern zu kämpfen.

Aber auch Frauen mit überwiegend weiblichen Eigenschaften bewiesen Heldenmut. Berichtet wird von Krankenschwestern an der Kriegsfront, tapfer wie kämpfende Soldaten. Die als Engel des Schlachtfeldes bekannte Britin Florence Nightingale im 19. Jahrhundert. Organisierte das Sanitätswesen im Krim-Krieg. Mit ihrem Team aktiv an der kämpfenden Front. Halfen unzähligen Verwundeten, am Leben zu bleiben.

Die zweifache Nobel-Preisträgerin Marie Curie fuhr 1916 selbst in einer mobilen Röntgenstation bis an die Front in Frankreich. Um bei Verdun verwundete Soldaten vor dem sicheren Tod zu bewahren. Röntge sie, sodass der Operateur das Skalpell an der richtigen Stelle ansetzen konnte. Auch hier ungezählte Leben gerettet.

Noch nicht lange siegen auch Frauen bei kämpferischen Auseinandersetzungen. Mutig und gut trainiert, siegen sie in Boxkämpfen und Fußball-Wettbewerben. Gleichberechtigt als Polizistin oder Soldatin bereit, bewaffnet für Ordnung oder Freiheit zu kämpfen. Mann lächelt milde und klopft sich auf die Schulter: Wir waren die Ersten.

Besonders Männer aus Adelshäusern strotzten vor Selbstbewusstsein. Unausgesetzt bemüht, ihr Territorium und damit ihren Einflussbereich zu vergrößern. Heirat oder Eroberungskriege das Mittel zum Zweck. Bis 1918 die meisten Monarchien in Europa als regierende Macht abgeschafft wurden.

Reduziert auf repräsentative Handlungen. Ersetzt durch die Staatsform einer Republik oder Demokratie. Deren Parlamente entscheiden. Sie segnen es der Form halber noch ab durch ihre Unterschrift. So in England, Beneluxländern, Skandinavien, Monaco und Lichtenstein. Es sind mehr Königinnen und Prinzessinnen als ihre Ehemänner, die man in der Öffentlichkeit tätig sieht. Gemäß bewährter Tradition zeigen, dass sie sich kümmern. Auch heute geliebt und verehrt wie Anno Dazumal.

Im Handwerk hatten Männer immer schon das Sagen. Konnte ihnen doch niemand das Wasser reichen. Ihre Meisterschaft unangefochten und akzeptiert von Gesellen, Lehrlingen, Zuliefern und Ehefrauen. In Handelsunternehmen ähnlich, solange sie klein waren. Größer geworden eine Macht, die sogar die Politik beeinflusste. Das Bank-Haus «Medici» in Florenz spannte nicht nur die damalige Weltmacht Spanien als Erfüllungsgehilfen für ihre Geschäfts-Interessen ein.

Brachte das Kardinalskollegium in Rom dazu, einen der ihren als Papst zu wählen. «Giovanni de´ Medici» war schon Kardinal, gezielt geplant, mit Florint-Goldmünzen bezahlt. Der ersten Währung für internationale Geschäfte. Um damit auch Mitglied des Conclave zu sein. Versammlung aller

Kardinäle, die bestimmen, wer aus ihrem Kreis der neue Papst wird. Rasch ließ sich Giovanni zum Priester weihen, damit man ihn wählen konnte. Von 1413 – 1423 als Papst «Leo X.» geistliches Oberhaupt der Römisch Katholischen Kirche.

Der Einfluss der Medici kannte keine Grenzen. Hätten sie nicht die Atlantikreise des «Amerigo Vespucci» finanziert, wäre Südamerika nicht als Teil eines ganzen Kontinents entdeckt worden. Nord- und Südamerika erhielt seinen Namen. Der als Entdecker Amerikas bekannte «Christofer Kolumbus» glaubte, Indien erreicht zu haben, als er auf den Bahamas landete. Nannte die dem Festland vorgelagerten Inseln Westindische Inseln. Ihre Einwohner Indianer.

Heutige Konzerne dagegen eine Spielwiese für ganz normale Männer. Adelsprädikate allenfalls hilfreich für Publik-Relations. Männer können beweisen, dass sie die Besseren sind. Auch wenn nur die wenigsten es vom Tellerwäscher bis zur Chefetage schaffen. CEO, Chief-Executiv-Officer oder Präsident werden, Herr allen Geschehens. Das heißt nichts anderes als Gewinne machen. Von einem Quartal zum nächsten mit überzeugendem Plus. Die Shareholder – Anteilseigner – wollen Dividende auf ihrem Konto sehen. Was das in der

Praxis bedeutet, fürchten Ehefrauen und Sekretärinnen jeden Morgen. Legen sie ihnen die Financial-Times oder die FAZ mit tagesaktuellen Börsenkursen auf den Tisch.

Andere werde gerufen, eilt ihnen der Ruf des Erfolgsmenschen voraus. Wieder andere steigen unten ein. Planen geduldig und konsequent die Sprossen ihrer Karriere. Vom Fachberater zum stellvertretenden, dann zum ordentlichen Abteilungsleiter. Von dort zum Ressortleiter, zum Direktor. Es klappt, solange sie machen, was man von ihnen erwartet: Mehrumsatz. Am besten sind dran, die ein Welt-Unternehmen engagiert. Mit einem Spitzen-Jahresgehalt plus Millionen-Tantieme. Geld schafft Ansehen. Reputation selber kostet sie nichts. Oft aber die Liebe von Frau und Kindern. Der Titel «Bester Manager des Jahres» für sie kein Trostpflaster.

Man könnte auf die Idee kommen, den Mann nur als pekuniären Streber zu charakterisieren. Aber es ist Jagdlust, die sie motiviert. Geld regiert zwar die Welt. Aber in erster Linie ein Zielobjekt, das es zu jagen gilt. Und als Beute heimzutragen. Oder in gewinnträchtige Anlagen zu investieren.

Eine überschaubare Zahl von Milliardären motiviert, einen kleinen Teil ihres Vermögens für wohltätige Zwecke auszugeben. Publizieren es global, um zu beweisen, dass sie nicht nur am globalen Geschäft Milliarden verdienen, sondern auch sozial denken und handeln. Spenden also scheinbar ohne Eigennutz.

Einer von ihnen «Bill Gates», Gründer und CEO von Microsoft. Gründete eine Stiftung mit 46,8 Milliarden Dollar. Seine Absicht: Gesundheit und Bildung weltweit zu verbessern und Armut zu bekämpfen. Das klingt gut. Aber Kritiker fürchten, er will kraft Geldes nur eigene Vorstellungen durchsetzen. Dem eigenen Unternehmen den Glamour eines Weltverbesserers verleihen. 46,8 Milliarden zahle er aus der Westentasche. Zudem maße er sich an, die Zukunft vorherzusehen. Das Bild des Kapitalisten plötzlich das eines Nostradamus der Neuzeit? Um 1500 prognostizierte dieser prophetisch begabte Arzt und Apotheker, Ende 2019 ginge die Welt unter. Was nachweislich widerlegt wurde. 2020 hinter uns, 2021 trotz Pandemie in den Startlöchern.

Ganz anders der Augsburger «Jakob Fugger», ein Kaufmann wie Gates. Erfolgreich wie Gates, international erfahren. Auch motiviert zu spenden, aber nicht aus Eigennutz. Sondern als überzeugter Katholik den Armen zu helfen. Investierte 1516 den größten Teil seines Gewinns in eine Siedlung. Nach ihm «Fuggerei» genannt. Ärmeren Bürgern der Stadt, Handwerkern und Lohnarbeitern mit ihren Familien ein Haus zu vermieten. Eines, das sie sich leisten konnten. Heute noch zahlen Bewohner für ihr Zuhause mit zwei bis vier Zimmern eine Jahreskaltmiete von 88 Cent. Die monatlichen Nebenkosten betragen rund 65 Euro.

Nur katholisch müssen sie sein. Täglich für den Stifter ein Vaterunser, Ave Maria und das Glaubensbekenntnis beten. In den Jahren nach dem zweiten Weltkrieg hat man die heruntergekommenen Häuser renoviert, Heizung und Bad eingebaut. Finanziert wird dies alles von der «Fuggerstiftung». Aus laufenden Einkommen von Immobilien und Ländereien. Interessant wäre, zu wissen: Kontrolliert einer, dass die täglichen Gebete von zurzeit 150 Bewohnern auch gebetet werden? Dem Stifter, wie beabsichtigt einen sicheren Platz im Himmel verschaffen. Sollte er trotz bewiesener Nächstenliebe noch keinen haben.

Im 19. und 20. Jahrhundert gebaute Werksiedlungen. z. B. in Bergbau-Regionen entstanden weniger aus sozialem Mitgefühl. Sondern aus nüchternem Kalkül. Lockmittel, Arbeitskräfte zu finden und zu behalten. Untertage Schwerstarbeit zu leisten. Bis sie früher als die meisten an der Staublunge starben.

Heute sind alle Steinkohle- Bergwerke als große Umweltsünder still gelegt. Ihre Bergleute arbeitslos, Umschulung nicht immer erfolgreich. Opfer einer Politik, die unkritisch wiederholt, was Wissenschaft ihnen eingetrichtert: die Zukunft der ganzen Menschheit hinge vom Klima ab. Dabei hat sie immer schon auch extrem wechselndes Klima überstanden. Sonst gäbe es uns heute längst nicht mehr.

Neuere Forschungsergebnisse zeigen noch andere Ursachen der Erwärmung als CO_2. In der Stratosphäre, die aber noch nicht hinreichend erforscht, um konkrete Maßnahmen daraus abzuleiten. Politiker klammern sich an Kyoto und Paris. Froh, einen Minimalkonsens erreicht zu haben. Nichts aber bleibt, alles ändert sich. Unabhängig von Eiszeiten und ihren Folgen begannen Menschen vor 3000 Jahren, Ackerbau zu betreiben. Und damit die Landschaft zu verändern. Wälder fielen nach Jäger- und Sammlerzeiten der Sesshaftigkeit zum Opfer. Mit Auswirkungen auf das Klima. Wie die Rodung tropischer Regenwälder heute. Immer schon gab es nachweislich in größeren Abständen Perioden großer Hitze und extremer Trockenzeiten. Mit Folgen für das Leben auf der Erde. Verursacht durch Sonnenstürme im Weltall. Die letzten 1982 mit hohen Temperaturen, Niedrigwasser und

Ernteausfällen. Den Rudi Carell in seiner TV-Sendung mit seinem Lied bedauerte:

„Ach wär 's doch wieder Sommer, ein Sommer, wie er früher einmal war. "

Heute weiß man, CO2 ist eine der Ursachen derzeitiger Klimaerwärmung. Schließt daraus, weiterhin vom Menschen ausgestoßenes Kohlendioxyd beschleunige das Tempo der Klima-Erwärmung. Stimmt es oder stimmt es nicht, fragt sich der normale Mensch. Selbst Experten kommen zu verschiedenen Resultaten.

Weil es unmöglich ist, Zyklen von aberhundert, ja Millionen Jahren im Weltraum präzise vorherzusagen. Nur kurzfristige Erkenntnisse hochrechnen. Auswirkungen für die Zukunft bleiben theoretisch, abstrakt. Und somit untauglich für effiziente, erfolgversprechende Maßnahmen. Bestimmen aber nach wie vor die Politik. Die ohnehin nur für eine Wahlperiode verbindlich ist. Einleuchtend aber der Grundsatz: Einzelne können kein Problem lösen, das alle angeht. Nur dann, wenn alle, Wissenschaftler, Politiker und Bürger aller Staaten an einem Strang ziehen. Wie es die 18jährige Greta Thunberg fordert. Danach aber sieht es zurzeit nicht aus.

Auch wenn überwiegend Männer in der Kritik stehen, sollte man ihnen dennoch Gerechtigkeit wie-

derfahren lassen. „*Neue Männer braucht das Land*",
sang man in den 1980er Jahren. Als Feministinnen
auf die Straße gingen, «Alice Schwarzer» Männer
generell zum Vergewaltiger abstempelte. Die Ame-
rikanerin Lorena Bobbits in einem Leitartikel zitierte, die ihrem Ehemann den Penis mit einem
Küchenmesser abgeschnitten.

Plötzlich übernahmen Männer Arbeiten ihrer
Frauen. Badeten und fütterten ihre Babys. Fuhren
sie am freien Wochenende spazieren. Sogar Chefs
von Unternehmen bereit, ihre Ehefrauen nach
einer Entbindung zu entlasten und Vaterschafts-
urlaub zu machen. In den Medien gefeiert, hatte es
den Anschein, als wären Männer aus ihrer bisheri-
gen Rolle geschlüpft. Nicht mehr Herr, sondern
gleichberechtigtes Mitglied der Familie.

Im Abstand von fast einem Vierteljahrhundert
scheint es eine Mode gewesen zu sein. Wie vieles
auch heute noch. Kommt und vergeht wieder. Da
kann man nur hoffen, dass damalige Männer-Mode
wieder auflebt und Gewohnheit wird. Anfang von
wirklich Neuem, das bleibt. Wie Kleider von «Co-
co Chanel».

Was also sollen Männer tun, um zu überzeugen?
Die ihr halbes Leben als Eremit verbrachten,
scheint es heute nicht mehr zu geben. Ihr Rat war

gefragt, ihre Zurückhaltung nachahmenswert. Heute muss ein Wochenende reichen. In einem Kloster, abseits der Welt. Versuchen, sich selbst zu erforschen. Andere Ziele zu erkennen als Geld und Anerkennung, die großen Einsatz lohnen. Ob nach Einsicht und guter Absicht neues Denken und entschlossenes Handeln folgt?

Im frühen Mittelalter zogen Minnesänger durch die Lande. Nicht den Helden zu spielen. Sondern ihrer Sehnsucht Ausdruck zu verleihen. Priesen unter den Balkonen bekannter Frauen ihre Schönheit. Von Lautenklängen sehnsuchtsvoll begleitet. Wissend, nie werden sie die ihre. «Wernher von Tegernsee», einer von ihnen. Weit jenseits des Verdachtes, ein typischer Mann zu sein.

Du bist min – und ich bin din –
des solt du gewis sin –
du bist beslozzen in minem herzen –
verloren ist das slüzzelin –
nun muost du immer darinne sin.

Einer, der zur gleichen Zeit lebte, muss in diesem Zusammenhang nochmal erwähnt werden. Auch wenn er ein typischer Mann war. Sexuell superaktiv. Neben Ehefrauen viele Geliebte. Einen Harem mit arabischen Vollblutweibern. Drängende Lust abzureagieren. Kinder gezeugt und vergessen. Bis auf einen: «Manfred». Auf dem Sterbebett heiratete er «Bianca», seine langjährige Geliebte und Mutter Manfreds, jetzt erbberechtigter Sohn. Nach seiner Absetzung durch den Papst in sich gekehrt. Erkannt und bereut, nicht geliebt, nur Macht über andere gewollt zu haben. Erzbischof «Berardo», dem er es gebeichtet, verzieh ihm im Namen Gottes.

«Friedrich II.» im frühen Mittelalter Kaiser des Heiligen Römischen Reiches. Ein Mann, der spät, aber dennoch einsah, dass er nur sich selbst und die Macht geliebt. Solche Männer sucht man heute vergebens. Friedrich unterscheidet sich von heutigen Unternehmensführern. Die in Davos Jahr für Jahr ihre Weltverbesserungspläne wiederholen. Wie Prediger auf der Kanzel: Liebe deinen Nächsten wie dich selbst. Doch was bewirken sie?

Auch Friedrich wollte die Welt verbessern. Studierte alle damaligen Wissenschaften. Redete mit einfachen Leuten wie mit Seinesgleichen. Um herauszuhören, wo der Schuh drückt. Besuchte Handwerker aller Art, Züchter von Tieren. Beobachtete das Verhalten von Falken, um zu lernen. Zu wissen, wie man mit ihnen erfolgreich Niederwild jagen kann. Eine Anleitung geschrieben, der man heute noch folgt. Hieß islamische Experten willkommen. Deren fortschrittlichere Technik in Medizin, Handwerk und Architektur für sein Reich zu nutzen. Als erster erließ er ein Gesetz, Luft und Wasser sauber zu halten. Eines, das Ärzte und Apotheker zur Approbation verpflichtete. Um Pfuschern und Wunderheilern das Handwerk zu legen. Nicht zu vergessen: er gründete bei einem Aufenthalt in Palermo auf Sizilien eine Schule, Minnesänger auszubilden. Musikalisch begabte Schüler zu motivieren, mit feinfühlenden Worten, dem süßen Klang einer Laute von Liebe und Verzicht zu singen.

Friedrichs Zeitgenosse und Benediktinermönch «Matthäus Paris» beschrieb ihn in seinem Buch «Cronica Majora» als: STUPOR MUNDI ET IMMUTATOR MIRABILIS. Das Staunen der Welt und ihr wunderbarer Verwandler. Leider kann ein einzelner Mann die Reputation einer ganzen Gattung nicht verbessern. Aber geschrieben steht es hier und wird bei dem ein oder anderen das Klischee vom einseitig orientierten Mann ändern. Mann bleibt Mann. Aber er kann auch anders.

Journalisten wie «Peter Scholl Latour» rühmliche Ausnahme eines, der hinter Fassaden die Wahrheit suchte. Um darüber zu berichten. Als Deutsch-

Schweizer verdächtigt, steckten ihn die Nazis ins KZ. Als ehemaliger Fremdenlegionär lernte er die halbe Welt kennen, Erfahrungen gesammelt, Hintergründe ausgeleuchtet. Um als Journalist den Mainstream Lügen zu strafen. Kritische Bücher geschrieben über Brennpunkte des Weltgeschehens. Den Krieg in Indochina: «Mord am großen Fluss». Im Irak: «Die Welt aus den Fugen».

«Märtyrer» könnte man zu ihnen zählen. Männer, die ihrer Überzeugung, ihrem Glauben treu blieben. Auch wenn sie dafür ihr Leben lassen mussten. Stephanus, Petrus, Paulus und abertausend unbekannte Christen. Die der römische Kaiser «Nero» als Brandstifter Roms verantwortlich machte. Obwohl er sie selber anzünden ließ, ein modernes Rom zu bauen. Er löste damit eine Flut von Christenverfolgungen aus. «Ursula» aus Köln, die bekannteste Märtyrerin. Ermordet von einem hunnischen Prinzen, dem sie die Heirat verweigerte. Weil er der Satan in Gestalt, alle ihre Gefährtinnen umbringen ließ.

Mönche haben sich verdient gemacht. Weil sie Urwälder und Sumpfgebiete in fruchtbares Ackerland verwandelten. Neue Methoden der Bewirtschaftung entwickelten. Ihre Klöster Bildungsstätten. Jugendlichen Lesen, Schreiben und Rechnen beizubringen. Auch Latein auf Wunsch. Damit sie die Die Bibel lesen konnten. Die sie schon früh auf Pergament geschrieben und in Buchform gebracht hatten. Sodass Gebildete sie auch lesen, nicht nur von der Kanzel hören konnten.

Martin Luther ist in diesem Zusammenhang zu erwähnen. Ein Mann, der Frauen liebte. Mit seiner Katharina sieben Kinder in die Welt setzte. Dachte zielbewusst und handelte konsequent. Wandte sich ab vom sündigen Rom und legte mit seinen 95 Thesen die Grundlagen für den Protestantismus. Als erster übersetzte er die Bibel in die deutsche Sprache. Jeder Mann und jede Frau in deutschen Landen sollte die Chance haben, in den Himmel zu kommen.

Künstler sind Ausnahmen von der Regel. Männer ja, aber nicht wenige zeitkritisch, auf Seiten der Schwachen in der Gesellschaft. «Francisco Goya» 1746 – 1828, einer von ihnen. Geißelte in seinen Gemälden das Extremverhalten von Menschen. «Irrenhaus» – «Inquisitionssitzung» – «Erschießung der Aufständischen» – «Die Schrecken des Krieges». Auf der Pariser Weltausstellung 1937 rüttelte «Pablo Picasso» die ganze Welt auf. Mit seinem 3,50 x 7,80 m großen Gemälde «Guernica». Spontan entstanden, nachdem die Nazis Frauen, Kinder, alte Menschen dieses spanischen Dorfes ermordet hatten. Vorgeblich militärischer Beistand für Hitlers Kollegen, Spaniens Diktator Franco.

«Shakespeare, dessen Theaterstücke heute noch die damals beabsichtigte Wirkung haben. Jedes charakterisiert das Verhalten ihrer Personen. In Tragödien das der ganzen Gesellschaft. Hamlet – Othello – König Lear – Macbeth – Romeo und Julia. Im Kaufmann von Venedig das Schicksal des ewigen Juden.

Auch heute kämpfen Politiker für Frieden. Fordern in ihren Reden Verhandlungen. Schließen Kontrakte mit begrenzter Laufzeit. Spielraum für eigene Interessen zu behalten. Anders der Mazedonier «Alexander», später als König aller Griechen der Große genannt. Arrangierte 324 v. Chr. nach dem Sieg über die Perser in Susa, der Hauptstadt Persiens eine Massenhochzeit. Verheiratete knapp 100 Offiziere seines Heeres mit persischen Frauen. Leitete mit dieser klugen Strategie eine lange Periode des Friedens ein. Nach jahrelangen Versuchen persischer Großkönige, «Dareios I.» und «Xerxes I.», Griechenland gewaltsam dem persischen Reich einzuverleiben.

Heute hat Russland sich die Krim einverleibt. Ob zu Recht oder nicht, darüber streitet nur die westliche Welt. 90 % der Bewohner fühlen sich als Russen. Das Selbstverständnis Russlands ein Rätsel? Bei Ärzten ist es durch den Eid des Hippokrates eindeutig und unveränderlich: Leben und Gesundheit des Individuums zu erhalten. Gäbe es nicht auch hier ein Klischee. Nicht wenige dieser Akademiker stünden im Verdacht, die Damen in ihren Praxen zu terrorisieren. Chefposten in Kliniken anzustreben, um mit Honoraren für Privatpatienten reich zu werden. Aber es gibt, wie jeder weiß, auch andere, die den Eid des Hippokrates geschworen. «Albert Schweizer» einer dieser anderen:

Arzt. Philosoph, evangelischer Theologe, Musiker und Bach-Interpret auf der Orgel, Pazifist. Ein Mann, der tat, was andere scheuten: er ging zu Menschen, die medizinische Hilfe brauchten. Nicht umgekehrt wie üblich. Verzichtete auf den gewohnten Komfort und zog nach Afrika. Gründete in Lambarene im zentralafrikanischen Gabun eine Klinik. Mit heute 470 stationären Betten, 70 separat für Lepra-Kranke. Bildete Einheimische als Krankenpflegerinnen oder Hebammen aus. In seinen Schriften beschwor er ein friedliches Zusammenleben aller Menschen. Es reiche nicht, Fremdheit und Kälte in der Gesellschaft zu beklagen. Es sei moralische Pflicht eines jeden, die notwendige Konsequenz daraus zu ziehen. Mitmenschen freundlich und verständnisvoll zu begegnen. Krieg sei keine Lösung von Problemen. Der mittlerweile weltweit angesehene Urwaldarzt setzte sich vehement für ein Verbot von Atomwaffen ein. 1953 erhielt Albert Schweizer den Friedens-Nobelpreis.

Gerade rechtzeitig für dieses Buch sendete «arte» eine Dokumentation über die Verhältnisse in Bosnien-Herzegowina. Interviewt Männer, die aktiv ein Problem bekämpfen. Keine Profis, und doch Profis auf ihre Art. Entschlossen, Spätfolgen des grausamen Krieges 1992 – 1995 zu mildern. Serbische Truppen ermordeten 8000 männliche, bosnische Muslime. Ein langer Bürgerkrieg die Folge. Mit Verletzten, die oft keine Arbeit mehr fanden. Andere in Erdhöhlen hausten, weil ihre Häuser zerstört. Hunger und Armut überall, wohin man blickte. Auch heute noch. Die halfen, waren keine Mönche oder berufsmäßige Helfer einer Organisation. Ein ganz normaler Mann mit einem amputierten Bein ergriff die Initiative.

Im Krieg das rechte Bein verloren und danach seinen Arbeitsplatz. Schmerzen plagten ihn und Hunger. Einer von Tausenden im Lande. Als er das Elend sah überall, schritt er zur Tat. Das darf nicht so bleiben, sagte er sich. Wenn schon die Regierung nicht hilft, dann muss ich ihnen helfen.

Gewann Gleichgesinnte und gründete eine Organisation. Auf dem Rücken ihrer Anoraks steht: SOS BIHAC. Auch auf dem klapprigen Lieferwagen, mit dem sie nicht verkaufte Lebensmittel zu allen fahren, die Hunger leiden. Sammeln Geld, um Kleider zu kaufen und denen zu schenken, deren eigene zerlumpt, verschlissen sind. Aktiv, medizinisch geschulte Menschen und Ärzte zu gewinnen. Damit auch Kranke Aussicht auf Genesung haben. «arte» sei Dank für solche Sendungen. Es bleibt zu hoffen, dass viele Zuschauer sich angesprochen fühlen und mit großzügigen Spenden Helfern ermöglichen, Menschen zu helfen, die die Welt vergessen hat.

Männer nicht nur sozial engagiert, auch als Entdecker und Erfinder unser Weltbild erweitert. Mit ihrer Tüftelei heutigen Wohlstand begründet. «Amerigo Vespucci» entdeckte den Kontinent Amerika. «Roald Amundsen» den Südpol. «Galileo Galilei», dass die Erde sich um die Sonne dreht. Und nicht umgekehrt, wie die Kirche behauptete. «Alexander von Humboldt» bereiste als erster die Welt, um Menschen, Tiere, Pflanzen, Natur und ihre Gesetzmäßigkeiten kennenzulernen. «Johann Wolfgang von Goethe entdeckte den Zwischenkieferknochen. «Louis Braille» die Blindenschrift.

«Thomas Edison» die Glühlampe. «Conrad Wilhelm Röntgen» die nach ihm benannte Röntgentechnik. Und Hunderte anderer Entdecker und Erfinder. Heute die von Handy, Facebook, Reader, YouTube, Wikipedia.

Nicht zu vergessen Philosophen. Der antike «Aristoteles» stellte fest, der Mensch ist ein «Zoon Politikon». Von Natur aus einig mit anderen im Streben nach Glück. Und deshalb auf Zusammenarbeit angewiesen. Der Mensch ein Kind Gottes, sagen Theologen, und deshalb sei für jeden ein Platz im Himmel vorgesehen.

Es mag mehr solcher Männer geben. Viele, deren Leben und Handeln das Gegenteil des Stereotyps Mann beweisen. In Familie, Firma, Verein und Politik. Nicht dominant, aggressiv und sexuell superaktiv. Versöhner mit weiblichem Instinkt. Sie aufzuzählen und ihren Nutzen für die Gesellschaft zu beschreiben ist nicht das Hauptanliegen dieses Buches. Einer aber soll noch erwähnt werden. Der Chef eines der größten Industriekonzerne der Welt in einem Interview:

„Digitalisierung kennt nur zwei Zustände. Man ist dabei – oder man ist draußen. In der Wertschöpfungskette aber ist diese Technik ineffizient. Daher gehen Arbeitsplätze verloren, Menschen ausgeschlossen. Deshalb ist Digitali-

sierung eine gesellschaftliche Frage. Gelingt uns kein fairer Dialog, wie wir dagegen steuern, gerät der soziale Frieden in Gefahr. Die Spaltung der Gesellschaft in arm und reich noch größer als sie schon ist."

Libido – Segen oder Fluch?

Psychoanalytiker definieren Libido als Energie, die mit den Trieben der Sexualität verbunden ist. Erinnern wir uns an den Mini- Nervenknoten im männlichen Gehirn: «Nucleus praeopticus medialis». Gleichzeitig Auslöser von Dominanz, Aggression und Sexualität. Erinnern wir uns auch, dass Gott Adam und Eva erschuf, damit das Menschengeschlecht nicht ausstirbt. Der Mann hat seinen Part, die Frau den ihren. Beide sind aufeinander angewiesen. Im Idealfall fühlen beide sich gleichermaßen angezogen. Lust und Begehren, eins zu werden, zu verschmelzen. Den Höhepunkt Ejakulation und Orgasmus gleichzeitig zu erleben. Wie jeder weiß, gelingt es nicht bei jedem Akt.

Jedoch wurde und wird auch heute noch die Libido als Segen empfunden. Nicht nur, weil das Gehirn der Beteiligten Glückshormone ausschüttet. Auch ihre Vereinigung, wenn gewollt, Kinder zur Folge hat. In frühesten Zeiten notwendig für den Fortbestand eines Volkes. Die Versorgung von Eltern und Großeltern im Alter. In den letzten Jahrhunderten galten Kinder als Beweis für Verantwortungsbewusstsein und Gottvertrauen. Beim Adel notwendig, Titel und Besitztümer zu vererben. Der Sohn des letzten deutschen Kaisers Wilhelm sieht sich als Bewahrer einer fast tausendjährigen Tradition des Hauses Hohenzollern. Namen der weit verzweigten Sippe nur von Männern bekannt. Ihre Frauen meist unbekannt. Einstimmig aber gelobt ihre größte Tugend: Geduld. Schweigend ertragen sie ihr Schicksal, als Frau eines Mächtigen.

Auch in bürgerlichen Kreisen begnügten sich die meisten Frauen bis ins 20. Jahrhundert, die zweite Rolle zu spielen. Dem Mann zu gehorchen, waren sie doch wirtschaftlich von ihm abhängig. Ertrugen seine Eskapaden. Hielten aus, wenn er stöhnend seine Lust befriedigte. Ohne an sie zu denken. Libido also nur ein Segen für Männer, die den momentanen Innendruck losgeworden? Am Schluss das hoch befriedigende Gefühl: ich hab 's geschafft?

Blieben die Folgen nicht aus, übernahmen sie wohl oder übel die Vaterschaft. War es ein Junge, freuten sie sich schon darauf, mit ihm auf dem Fußballplatz zu dribbeln. Mädchen überließ er seiner Frau. Die aber muss sich um beide kümmern. Tag und Nacht präsent sein, sie baden, wickeln, ernähren und ihnen beibringen, Mama und Papa zu sagen. Wenigen selbstbewussten Frauen gelang es, Männer zu Gönnern zu machen, gaben sie sich ihnen hin. Ohne verheiratet zu sein. Wurde es bekannt, verloren sie ihren guten Ruf. Eine Hure wollte niemand kennen, gesellschaftlich mit ihr verkehren schon gar nicht.

Solcherart Disqualifikation war nicht neu. Schon im Jahr 524 n. Chr. waren im Oströmischen Reich Schauspielerinnen als Huren verschrien. Weil Männer sie nach der Vorstellung gerne besuchten. Um sie zu vögeln, ohne Konsequenzen fürchten zu müssen. Nur «Justinius», Sohn und Erbe des Kaisers setzte sich über das Verbot seiner Familie hinweg. Heiratete eine schöne und beliebte Schauspielerin. «Theodora» Gottesgeschenk, der von ihrem Vater ausgesuchte Name.

Kaum Justinius Kaiser, war sie seine «Augusta». Ehrenname für Kaiserinnen damals. Üblich, seit der große römischen Kaiser Augustus seine Frau Augusta nannte. Ihm ebenbürtig und Respekt verlangend. Justinius und Theodora liebten sich sehr und waren glücklich. Sie nahm bald schon Einfluss auf die Politik. Veranlasste, was ihr am Herzen lag: Verbot öffentlicher Prostitution und Mädchenhandel. Kümmerte sich um Arme, Kinder, Witwen und Kranke. Ihr Mann beteiligte seine Frau am Regierungsgeschäft. Jeder von ihnen verantwortlich für bestimmte Ressorts. Je nach Begabung und Neigung. Meist aber war sie das treibende Element dieser Ehe.

Hielt eine flammende Rede, als ein Gegenkaiser ausgerufen wurde und ihr Mann die Hauptstadt verlassen wollte. Er blieb der Kaiser, motiviert von seiner Frau, gestützt von begeisterten Massen. Theodora starb viel zu früh an Krebs. Ließ einen Mann zurück, der nach kurzer Trauerzeit sich für ihre Anliegen engagierte. Er liebte Theodora wegen ihrer außergewöhnlichen Einfälle, mit denen sie ihn immer wieder überraschte. Eine von mehreren Möglichkeiten, über Wertschätzung und Akzeptanz auch die Libido ein Leben lang zu erhalten.

In Mythologie, Literatur und Leben werden uns Liebespaare als Muster idealer Zweisamkeit präsentiert. Nicht alle waren glücklich im Sinne von Harmonie und gutem Ausgang. «Orpheus & Euridike» unsterblich ineinander verliebt. Während er in der Stadt war, ein Tuch für sie kaufen, pflückte sie auf einer Wiese Blumen. Ihn bei seiner Rückkehr liebevoll zu empfangen. Versehentlich trat sie auf eine Schlange. Von ihrem Biss vergiftet, starb sie auf der Stelle. Orpheus untröstlich, keine Lust auf Essen, an Schlaf war nicht zu denken. Schrieb wundervoll traurige Lieder und beschloss, sie im Totenreich zu besuchen. «Persephone», Königin des Totenreiches gerührt, erlaubte ihm, sie wieder ans Tageslicht, ins Leben zurückzuholen. Nur durfte er sich nicht ein einziges Mal nach ihr umdrehen. Wer die Mythologie kennt, weiß, er schaffte es nicht. Seine Libido zwang ihn, sich umzudrehen, die Geliebte anzuschauen. Und verlor sie für immer.

Romeo & Julia auf der Bühne, wahrlich auch ein Trauerspiel. Weil ihre Eltern die Verbindung zu einem nicht standesgemäßen Mann verboten. Tragödie nannte Shakespeare es. Sie trafen sich trotzdem in ihrem Zimmer. Dass sie die Nacht gemeinsam verbrachten, wissen, die es im Theater sehen. Ihre Stimme hören: „Willst du schon gehen? Der Tag noch fern, soeben sang die Nachtigall." Seine Antwort: „Liebste, es war die Lerche, die Tagverkünderin." Nicht schwer, sich vorzustellen, dass sie die Stunden der Nacht genossen, einander zu lieben.

Ungezählte Liebespaare bevölkern die Gegenwart. Seit sie in Filmen, Theatern oder in der Öffentlichkeit auftreten. Geliebt und ihre Namen bekannt: Sissi & Franz. Bonnie & Clide. Leonce und Lena. John Lennon & Yoko Ono. Edward und Bella. Lou und Will. Kate und William, Enkel Königin Elisabeths II. Ihren Handlungen und Äußerungen, auch privaten, kann man entnehmen, dass sie glücklich waren, bzw. immer noch sind. Obwohl oder gerade weil sie über ihre intimsten Gefühle nichts verlauten ließen.

Da musste erst der Journalist «Oswald Kolle» kommen und die Menschheit aufklären. Libido sei die natürlichste Sache der Welt. Wenn man weiß, wie sie funktioniert. Und beide sich aktiv darum bemühen, Höhepunkte gemeinsam zu erleben.

Nicht ungeschickt nutzte er die Jahre nach dem Krieg. Noch verstaubtes 19. Jahrhundert. Trotz sechs Jahren Krieg und Völkermord der Nazis. «Rudi Dutschke» setzte 1968 neue politische Akzente. «Oswald Kolle» drehte im selben Jahr einen Aufklärungsfilm. Mit Rücksicht auf die noch herrschenden Moralvorstellungen: Darüber spricht man nicht. Zuerst als Buch bei Bertelsmann erschienen. Film-Premiere am 23. Januar 1968 in Hamburg. Nachdem die Behörde die ihrer Meinung nach ungehörigen Stellen herausschneiden ließ. «Das Wunder der Liebe» kam in die Kinos. Und alle liefen hin, um zu sehen.

Zuerst sieht man Männer im Gespräch. Kolle mit dem Sexualforscher Hans Giese und dem Psychologen Wolfgang Hochheimer. Dann folgten gefilmte Szenen der Annäherung der Liebenden. Später den Koitus mehr geahnt als gesehen. Und zwischendurch immer kommentiert. Korrigiert, was in der Praxis die meisten falsch machen. Am

Ende sollten Zuschauer wissen, wie man 's richtig macht, um das Wunder der Liebe zu erleben. Vorspiel und Nachspiel für beide unverzichtbar. Egoismus fehl am Platz. Aufgeklärt verließ man das Kino. Wusste was und wie und was nicht. Die Theorie verstanden. Wie aber sag ich 's meinem Kinde?

Langsam, ganz langsam änderten sich Moral-Vorstellungen. Beeinflusst von zahllosen Experten, die sich in Büchern und Fernsehen als Aufklärer und Aufklärerin empfahlen. Auf kleinste Details aufmerksam machten: Die Klitoris der Frau heftig, den Rücken des Mannes sanft mit einer Feder kitzeln. Weil es an der Zeit war, alles zu wissen. Die Zeit aber hatte andere, größere Probleme. «RAF», Rote Armee Fraktion entführte Spitzenvertreter von Banken, Arbeitgeberverband und Politik und ermordete sie. Oder erschoss sie auf offener Straße. Die Öffentlichkeit erschüttert. Trauernde Witwen hatten andere Gefühle als Lust auf Sex.

Die Auswirkungen der Hippy-Bewegung in den 1950er Jahren sind mittlerweile gesellschaftsfähig geworden. «Summer of love» und «Woodstock» nur noch Legende. Aber ihre Intentionen immer noch in den Köpfen nicht nur älterer Menschen: Dem Druck von Konvention und Konsumzwang entfliehen. Erwachsen werden ohne Elternhaus und Schule. Sich kleiden nach Lust und Laune. Sex haben mit jeder Frau, jedem Mann. As you like it. Sich mit Marihuana oder LSD in den Himmel befördern. Frei und unabhängig sein.

Damals entstanden zur gleichen Zeit Bands. Die «Beatles», «Pink Floyd» und «Zappa» verkündeten die Botschaft einer neuen Freiheit. Heute noch gerne gehört und internalisiert, es muss sich alles ändern. «Uschi Obermeier» damals eine Ikone der sexuellen Revolution. Die Pille, gerade erfunden, ein Glücksfall für die Frau. Und Männer, die nicht mehr heiraten oder ledigen Müttern Unterhalt zahlen mussten. Man könnte denken, beide, Frauen und Männer profitieren von dieser neuen Moral. Nur noch in katholischen Ländern kritisiert. Oder hatten beide immer schon alternative Möglichkeiten, sich zu sexuell befriedigen?

Männer wie Frauen können auch ohne Partner zum Höhepunkt kommen. Bei Männern ist es schon üblich seit «Onan» im Alten Testament. Die das Werkzeug Gottes zur Fortpflanzung auch dazu benutzen, sich selbst zu befriedigen. Quasi den Hammer auf den eigenen Kopf zu schlagen. Um verfänglichen Fragen zu entkommen, berufen sie sich auf das Alte Testament. Onan masturbierte, weil er die Witwe seines Bruders nicht schwängern wollte. Nur um ein jüdisches Gesetz zu erfüllen, Söhne zu zeugen. Das Überleben des Volkes Israel zu sichern. Bezahlte es mit dem Tod.

Ungehorsam scheint seit Adam und Eva die schwerste aller Sünde gewesen zu sein. Doch sein Name überlebte bis heute, wenn man von onanieren spricht. Im abwertenden Sinn sich selbst befriedigt. Ist es demnach normal, wenn Mann und Frau Sex haben – auch, wenn sie sich nicht lieben?

Gott aber muss noch anderes im Plan gehabt zu haben. Sonst gäbe es nicht noch andere Varianten der sexuellen Praxis. In der Antike hielt man Liebes-Verhältnisse zwischen Mann und Mann für normal. Feierte sie als von den Göttern gewollte Varietät. Von Männern während ausschweifender Gelage praktiziert. Später von der katholischen Kirche als Sünde verurteilt. Als sei es die Absicht des Mannes, wie beim Töten aus Leidenschaft, Verbotenes zu tun.

Heute ist Homophilie geradezu geradezu populär geworden. Seit Berlins Bürgermeister «Klaus Wowereit» am 10. Juni 2001 in einer Parteitagsrede bekannte: „Ich bin schwul und das ist gut so." Nicht lange danach outeten sich Schauspieler und bekamen Rollen, die passten. Das Publikum stürmte in Kinos oder Theater, einen Mutigen zu erleben. Der nicht nur den Schwulen spielte, sondern auch privat mit einem Mann zusammenlebte. Wie andere mit einer Frau. Schwul sein also Public-Relation für alle, die eine Rolle spielen? Von Chef-Etagen hörte man nichts dergleichen.

Homophil veranlagte Männer waren über Jahrhunderte verachtet. Von der Gesellschaft ausgeschlossen. Bestenfalls für krank oder anomal gehalten. Ein Grund für sie, ihre Veranlagung geheim zu halten. Oder, wie bei Thomas Mann, in seinen Werken der Protagonist in Gedanken er selbst. Gustav von Achenbach im «Tod in Venedig». Kai Graf Mölln in «Buddenbrocks» und Pribistav Hippi im «Zauberberg».

Mittlerweile weiß man, Männer können nichts dafür, dass sie so sind. Es ist in ihnen angelegt wie ein Talent. Auch in Frauen, die einander lieben, Lesben genannt. Es überrascht nicht, dass sowohl Schwule als auch Lesben in der Öffentlichkeit anders auftreten. Zurückhaltender. Die Synapsen in ihrem Zwischenhirn funktionieren nicht wie bei anderen, sogenannten Normalen. Viele begabt als Künstler in Schauspiel und Tanz, Malerei und Schriftstellerei wie Thomas Mann. Liebenswürdig und verständnisvoll anderen gegenüber.

Wir sollten sie nicht verurteilen. Denn immer noch gibt Natur nicht alle Geheimnisse preis. Auch nicht die des Menschen. Trotz immer wieder neuer Erkenntnisse in der Hirnforschung. Das Jahrhundertgenie «Albert Einstein» bewies anhand der Relativitäts-Formel, dass alles relativ ist. Nicht absolut. Abhängig von Zeit, Raum, inneren und äußeren Umständen. Aber auch zugegeben, dass vieles in der Natur ein Geheimnis bleibe.

Negative Folgen für andere haben pädophile Neigungen bei Männern. Weil Kinder ihre Opfer sind. Für die Öffentlichkeit DAS Thema nach den bekannt gewordenen Vorfällen an der Odenwald-Schule. Testreihen von Psychologen haben ergeben, dass die Ursachen für pädophile Neigungen in der Kindheit liegen. Im kritischen Stadium der Pubertät, In der Zuwendung anderer Art wichtig sind. Vielleicht sollten Eltern nicht zurechtweisen, strafen. Jungen auch nicht zu nahe kommen. Sondern versuchen, zu verstehen. Spüren lassen, dass man ihn liebt. Obwohl er anders zu sein scheint als andere Jungens. Sonst geschähe das, was nicht mehr zu verhindern ist. Ein Pädophiler will von anderen geliebt werden. Spüren, wie das ist. Auch sexuelle Lust empfinden, wie andere Männer. Traut sich aber nicht, Erwachsene anzusprechen. Schlechte Erfahrung im Elternhaus nicht vergessen. Ahnungslose Kinder also Opfer eines männlichen Problems.

Bereits im 13. Jahrhundert erkannte die Äbtissin «Hildegard von Bingen»: Ernährung, Gesundheit, Krankheit, Körperlichkeit und Sexualität bedingen einander. Jedes Lebewesen sehnt sich nach liebender Umarmung. Auch katholische Priester. Die bei ihrer Weihe geschworen, keusch zu sein ein Leben lang. Aber es sind Männer, den gleichen Nukleus im Zwischenhirn wie alle anderen. Triebe zu unterdrücken eine Sisyphusarbeit, die nicht immer Erfolg verspricht. Wer den Mythos kennt, weiß, «Sisyphus» schafft es nicht. Muss immer wieder ganz unten von neuem beginnen.

«Marcial Marcel», ein Pater aus Mexiko nach außen bekanntes, prominentes Beispiel für selbstlose Nächstenliebe. Kümmerte sich um Knaben in der Pubertät. Bemüht, sie zu gläubigen Katholiken zu erziehen. Treu der Kirche und dem Papst in Rom. Gründete die «Legion Christi». Angelehnt an die «Légion étrangère», 1831 vom französischen König Louis Philippe I. gegründet. Um Kolonien zu erobern und für Frankreich abzusichern. Ähnlich die Zielsetzung der Legion Christi: Gläubige gewinnen und die weltweite Römisch Katholische Kirche, unter Führung des Papstes abzusichern. Nicht lange und die Kurie in Rom segnete den neuen Orden ab. In vielen Ländern der Welt entstanden Häuser, Internate, in denen die Jugend des Landes im Sinne eines Legionärs Christi indoktriniert wurde. Meinte man damit den Katholischen Glauben, hätte man es verstehen und verzeihen können. Gibt es doch überall auf der Welt Heilsprediger jeder Couleur.

Aber der hochgelobte Gründer selbst verging sich regelmäßig an Knaben. Täuschte Fürsorge vor, befriedigte aber das eigene Bedürfnis, Liebe zu erfahren. Die ihm ahnungslose Kinder schenkten. Geweiht, als Priester keusch zu sein und Caritas zu predigen, nutzte er seine Stellung, Knaben zu missbrauchen. Abhängig von ihm über Jahre. Mit Haushälterinnen hatte er Kinder. Die Kurie in Rom und Bischöfe deckten seinen Missetaten. Würde es bekannt, schadete es dem Ansehen der Kirche.

Schon als Kardinal erklärte Josef Ratzinger, Priester seien Heilige. Weil sie die einzig wahre und absolute Wahrheit Gottes verkündeten. Die derzeit propagierte Relativität aller Dinge, allen Seins, sei teuflisch. Noch als Papst überzeugt vom Segen des Priestertums. Blind für das Leben außerhalb des Vatikans. Mittlerweile ist Marcial Marcel seines Amtes enthoben. Er lebt ein Leben in Saus und Braus. Während sich Mann gewordene Knaben schämen, Opfer eines Päderasten gewesen zu sein.

Jetzt werden in vielen Ländern pädophile Täter veranlasst, ihre Schuld einzugestehen. Um sie angemessen zu bestrafen. Obgleich es den Kindern nicht hilft. Nicht wenige leiden darunter ein Leben lang. Unschuldig und schuldig zugleich gewesen zu sein.

Es wäre unfair, von wenigen schuldhaften auf alle katholischen Priester zu schließen. Weil sie zu Keuschheit und Ehelosigkeit verpflichtet, ihre Libido verdrängen müssten. Alle Männer müssten zugeben, dass sie nicht immer Lust auf Sex mit Frauen haben. Nicht selten von Frauen dazu aufgefordert werden müssen, weil sie ein Kind haben wollen. Außerdem fällt Sex mal mehr, mal weniger intensiv aus. Abhängig von äußeren Bedingungen, Stimmungen. Oder gar total verdrängt von Hingabe an einen Beruf, der Männer ausfüllt. Wie der eines Priesters. Der Liebe in der Regel als praktische Nächstenliebe versteht. In klaren Momenten auch, sich selbst zu schützen.

Einer von ihnen, «Michael Irmer», ließ sich in den Norden der Tschechei versetzen. Eine Region, in der nach der kommunistischen Aera mehrheitlich Atheisten leben und kaum Katholiken. Kirchgänger nur vereinzelt. Er löste das Problem auf seine Art. Sagte sich, verspricht meine Einladung zur Messe keinen Spaß, lade ich sie zum Bier ein. Einem der beliebtesten Biere der Marke «Philipp».

Und siehe da, sie kamen, tranken, redeten. Lernten sich kennen und einander schätzen. Nicht lange und die Leute nannten ihn nur noch «Philipp Irmer». Gibt es ein überzeugenderes Argument für die Arbeit eines Priesters? Das muss die Leute doch mit der Zeit wieder in die Kirche locken, diesem Philipp zuzuhören, wenn er Gottes Wort auf seine Art verkündet. Er wird von uns und unseren Sorgen reden. Und nicht in Gleichnissen faseln, die heute keiner mehr hören will.

Bald sind Bürgermeister seine Freunde, der Kultusminister geneigt, die Renovierung verfallener Kirchen finanziell zu unterstützen. Auch sein Bischof in Deutschland schickt regelmäßig einen Scheck. Damit er, im Auto mobil, in sieben verstreut gelegenen Pfarreien die Messe feiern kann. Auch wenn nur wenige anwesend sind. Das Gleichnis vom Senfkorn wird eines Tages hier Wirklichkeit. Und die Kirche gefüllt bis zum letzten Platz.

Einmal im Jahr veranstaltet Irmer ein Schlachtfest. Den Kreis potentieller Kirchgänger zu vergrößern. Feiert sonntags die Messe, auch wenn nur vier fünf Gläubige anwesend sind. Geduld ist seine Stärke.

Optimist von Natur. Auch Skeptiker machen sich Gedanken. Über einen Mann der Kirche und Gott, die beide seit Jahrzehnten nicht mehr existierten. Philipp-Bier Auslöser einer Rückbesinnung auf alte Werte? Angestoßen von einem katholischen Priester, der ein Ziel vor Augen. Typisch Mann. Der Sache Gottes dient, wie geschworen: Respektiere deinen Nächsten wie dich selbst. Chapeau!

Zurück zur Natur des Menschen. Seit kurzem sind auch intersexuell veranlagte gesetzlich geschützt. Nach der heterosexuellen, der homosexuellen das dritte Individuum, das der Staat zu schützen sich verpflichtet. Frauen, die männlich denken und fühlen, Hosen tragende Karrieristinnen. Männer, die sich nur in Frauenkleidern zuhause fühlen. Dass dies schon früh in ihnen angelegt ist, zeigt ein Film.

«Sascha», der zweite Junge in einer Familie, spielte lieber mit Mädchen. Litt sichtbar, musste er wie sein Bruder Hosen tragen. Auf dem Fußballplatz einen Ball treten. Nur in kurzer Hose ins Schwimmbad. Eines Tages band er sich ein Handtuch um die Brust. Den BH älterer Mädchen im Kopf. Mama versuchte, ihn aufzuklären. Der zehnjährige Sascha weigerte sich auf seine Art. Sagte nichts, sah immer nur vor sich hin. Wehrlos wie sein Teddybär, dem er das Puppenkleid seiner Schwester umgehängt. Tränen rollten die Wangen herunter.

Die Eltern sprachen mit seinem Lehrer, auf dessen Rat mit einem Psychoanalytiker. Seither bemühen sie sich, den Zwitter als ihr Kind zu akzeptieren. Es mehr zu lieben als bisher. Sein lassen, der er möchte, um ihn glücklich zu sehen.

Karneval, besonders im Rheinischen, wird alles übertrieben. Männer treten als Helden auf, Prinzen und Tambourmajore, die den Takt angeben. Frauen lieben es, Männer auf Weiberfastnacht zu erschrecken. Das scheinbar immanente Verlangen, Männer aus der Fassung zu bringen. Das des Mannes, Frauen zu zeigen, wer das Sagen hat. Nur im Karneval stellt sich die Frage: Wer liebt wen? Wer überzeugt mit seinem Auftritt? Gleichberechtigt nur drei tolle Tage. Danach ist es wie immer. Mal so und mal so.

Archäologen entdeckten am Golf von Mexiko eine uralte Kultur. Etwa 1500 bis 400 v. Chr. lebte dort das Volk der «Olmeken». Dort herrschte ein Matriarchat. Frauen repräsentierten Leben und Überleben einer Gemeinschaft. Auf eine Art, die Männern fremd ist. Spürten, was Männer geneigt sind zu berechnen. Lebendiges lässt sich nicht in Formeln zwängen. Bekanntes verknüpften sie mit unerklärbaren Ereignissen. Donner, Blitz und Erdbeben. Wachsen und sterben in der Natur. Und zogen ihre Schlüsse für die Gemeinschaft daraus.

Damit alles im Gleichgewicht blieb. Mensch, Tier und Natur harmonisch zusammenlebten. Jade, das Symbol des Lebens. Aus dem Reinen von Erde und Wasser entstandenes Gestein. Verstorbenen als Talisman in den Mund gelegt, bevor sie sie bestatteten. Ähnlich chinesischer Lehre, in der Jade das Heilige schlechthin ist. Name für alles Kostbare, Göttliche.

Entscheidend bei aller Vielfalt von Varianten der Spezies Mensch ist jeder einzelne, auch der Mann ein Individuum. Als Knabe geboren, zum Mann gereift. Altert wie alles Lebendige. Wird unkonzentriert und gebrechlich. Schlappmann auf fast allen Gebieten. Vor allem sein Penis strammt nicht mehr so ausdauernd wie früher. Naturkost und Sport konnten daran nichts ändern. Bis «Viagra» kam und ähnliche Heilsverkünder. Männern, bzw. deren wichtigstem Körperteil wieder auf die Sprünge zu helfen. Aus Schlappschwänzen wieder Hochspringer zu machen. Vorausgesetzt, sie glauben an übernatürliche Kräfte. Und können die Angst vor

Nebenwirkungen erfolgreich verdrängen. Wie immer nur einseitig orientiert bis ins hohe Alter. Nichts anderes sein als Adam, ein Mann.

Denkt gleichzeitig sofort an Potenz, Und weiß, ich kann nicht mehr wie früher. Nur Lateiner wissen, dass Potenz aus potere = können abgeleitet ist. Beneiden Männer, die bis ins hohe Alter zeugungsfähig sind. Wie «Methusalem», der laut Altem Testament mit 187 Jahren Lamech gezeugt habe und noch viele Söhne und Töchter mit mehreren Frauen. Überlebte alle und starb mit 949 Jahren. Sprichwörtlich sein Name bis heute: Alt wie Methusalem.

Die im Alten Testament genannten Jahre werden immer mal wieder bezweifelt. Weil sie nicht realistisch sind. Heute wissen wir, die angegebene, lange Lebenszeit biblischer Männer will nichts anderes ausdrücken als Ehrfurcht vor deren Weisheit. Ihr Rat aus vielen Jahren Lebens-Erfahrung mehr wert als Geld. Außerdem können Jahresangaben auf Rechenfehlern beruhen. Oder auf der Basis von Mondphasen berechnet sein. Ein Mondjahr demnach zwölfmal so lang wie unser Jahr. Methusalem hätte nach unserer Rechnung nur 79 Jahre gelebt.

Auch «Abraham» soll über vierhundert Jahre alt geworden sein. Kinder gezeugt mit mehreren

Frauen. «Johann Sebastian Bach», einer der größten Komponisten, ebenso potent. 65 Jahre alt geworden und Millionen Noten geschrieben. Zwei Frauen gehabt und 20 Kinder gezeugt. 1933 veröffentlichte die britische «Times» das biblische Alter des chinesischen Kräuterspezialisten und Professors «Li Ching Yun.» Er erreichte als ältester Mensch des 20sten Jahrhunderts ein Alter von 197 Jahren. Berichtete über die Ehrungen, die die chinesische Regierung ihm 1836 zu seinem 100. Geburtstag erwies. Er selber bekannte in seiner Dankesrede: „Ich habe 23 Ehefrauen überlebt und gerade zum 24. Mal geheiratet.

1956 gab die kolumbianische Regierung im Gedenken an «Javier Pereira» zwei Briefmarken heraus. Darauf sein Porträt und sein Lebensmotto: Sich keine Sorgen machen, viel Kaffee trinken, eine gute Zigarre rauchen und Frauen lieben. Javier lebte von 1789 bis 1958. Sein Blutdruck gesund bis zum Schluss. Konnte auf einem Bein stehen ohne zu schwanken, Pirouetten drehen. Treppen steigen ohne Atemprobleme. Fünf Ehefrauen habe er überlebt.

Die meisten Männer unbekannt, erledigen ihre Geschäfte. Zeugen Kinder, gewollt oder nicht. Aber auch bekannte wie «Picasso», Revolutionär in der Kunst. Liebte Frauen mit gleichem Ungestüm.

Typisch für den Macho seine Äußerung: *„Frauen seien Göttinnen oder Fußabtreter."* Außer etlichen Geliebten verheiratet mit Jaqueline und Olga. Vier Kinder kamen auf die Welt, deren Namen nur seine gewesenen Frauen in ihren Erinnerungen nennen: Paloma, Paul Joseph, Maya und Claude Pierre Pablo.

«Alessandro, Graf von Cagliostro», 1743 – 1795 begabtcr Hochstapler, Quacksalber und Scharlatan. Charmierte bei reichen Damen der Gesellschaft, um an ihr Vermögen zu kommen. Sein Versuch, die Zarin «Katharina II.» zu gewinnen, scheiterte. Auch bei späteren am Hofe des französischen Königs. Die Fälschung eines Diamant-Halsbandes zwang ihn zur Flucht. 1789 verhaftete ihn in Rom die päpstliche Polizei. Als er eine neue Ägyptische Loge gestiftet, die den Verdacht der Inquisition erregte. Cagliostro starb 1785 im Gefängnis der Engelsburg in Rom. Von Kindern ist nirgends die Rede.

Auch nicht eines «Don Juan» oder «Don Giovanni». Eines Mannes, der Frauen gewinnt, weil er ihre Schönheit lobt. Ihre geistreiche Konversation. Genießt, von ihnen umschwärmt, begehrt und geliebt zu werden. Ohne eine Ehe zu riskieren. Ein Mann, der nicht real existiert, sondern in Literatur und Theater als Archetyp des Frauenhelden erfolgreich auftritt. Seit Jahrhunderten bereits. Auch in Zukunft werden Bücher gekauft, Theater besucht. Weil es Literaten und Komponisten juckt, dem Thema Frauenheld immer neue Seiten abzugewinnen.

Was sind schon Namen, fragt sich mancher, der unbekannt blieb und weist auf seine Vita hin. Und auf die Tatsache, dass er der Erste ist. Nicht Eva. Gott hat sie ihm zur Verfügung gestellt. Als Frau von Natur aus ihm unterlegen. Damit er sich austoben kann, solange er gesund und das Ding funktioniert. Die Erde zu bevölkern bis jenseits des Horizonts. Als gäbe es keinen Tod. Doch das ist ein anderes Thema. Zum Schluss, da, wo es hingehört. Wie im richtigen Leben.

Die besondere Rolle der Frau

In erster Linie notwendiges Pendant zum Mann, die Art zu erhalten. Wie das weibliche Element bei Menschen, Tieren und Pflanzenwelt. Sonst wäre unsere Erde unbewohnt und unbelebt wie Mond und Mars und andere Gestirne. Auch wenn «Stephen Hawking», weltweit renommierter Weltraumforscher, die Erde in Kürze für unbewohnbar hält und den Menschen nichts anderes bliebe, als auf andere im Weltall kreisende Planeten zu übersiedeln.

Vergessen wir die Zeiten, als Männer Frauen zum Tod auf dem Scheiterhaufen verurteilten. Als Hexen angeklagt, mit dem Teufel im Bunde zu sein. Frauen das Opfer männlicher Überheblichkeit, Übersinnliches, Geahntes auszusprechen sei Gotteslästerung. Unverständnis der Männer über Jahrtausende der Hauptgrund, Frauen nicht für gleichberechtigt zu halten. Schon länger diskutiert, heute das Thema Nr. Eins in fast allen Gesellschaften. Frauen erheben den gleichen Anspruch wie Männer. In Familie und Beruf, Politik inklusive. Unabhängig davon, wer von beiden laut Bibel der erste Mensch war. Religion für viele nicht mehr von existentieller Bedeutung. Dennoch dominiert das Männliche alles in der Welt. Unausgesprochen, aber tonangebend, der erste Mensch gewesen zu sein. Mit allen Rechten eines Erstgeborenen. Wie bis heute noch beim Adel, der Besitztümer und Titel zu vererben hat. Das im Alten Testament zitierte Beispiel ist nicht mehr zeitgemäß. «Esau» verkaufte es seinem jüngeren Bruder «Jakob» für ein Linsengericht. Esau muss besoffen oder geistig weggetreten sein, das Erbe seines Vaters gegen ein paar Löffel Linsen zu tauschen.

Adam und seine männlichen Nachkommen haben bis heute nicht den Anspruch auf ihr Erstgeburtsrecht aufgegeben. Das Recht, der erste Mensch gewesen zu sein. Und nicht Eva. Obwohl deren weibliche Nachkommen bis heute alles tun, diese Tatsache zu relativieren. Mit typisch weiblicher Raffinesse ihn beim Geschlechtsakt vergessen zu lassen, dass er der erste ist. Erfolgreich, weil sie die Folgen ihre Tuns bedenken. Nicht nur das eine im Kopf wie Männer.

Erinnern wir uns an den Vorgang, als Gott Eva, die erste Frau, aus der Rippe Adams gezaubert hatte. Adam wird, aus paradiesischer Naivität verständlich, gedacht haben: „Sie ist ein Teil von mir. Und wird es immer bleiben. Ich kann und werde weiterhin über sie verfügen. Wie über meine rechte Hand, den linken Fuß. Nichts Neues, das es wert

78

wäre, als ein eigenständiges Wesen erkannt und bewertet zu werden. Zumal ich keinen nennenswerten Unterschied zu mir erkenne." Paradiesische Zustände scheinen blind für Realitäten zu machen.

Gott aber gab ihm einen Rat: „Ich habe Dir eine Frau zur Seite gestellt. Sie ist ein Mensch wie du und wird dich zukünftig begleiten. Halte sie in Ehren." Adam nicht erfreut darüber, dass das Paradies ihm nicht mehr allein gehört. Dachte solange nach, bis ihm einfiel, die Frau als reine Formalie zu betrachten. Begleiten kann mich auch einer meinesgleichen, ein Mann. Eine Frau konnte er sich nicht vorstellen. Eher den Versuch Gottes, ihm einen zweiten Mann zur Seite zu stellen, dessen anderes Aussehen ihm im Paradies nicht aufgefallen war. Götter denken und dachten immer schon anders als Menschen. Vor allem, weil deren Beschlüsse für Männer immer schon ein Rätsel waren, sind und sein werden.

Erst, als dieser Gott beide, Adam und Eva aus dem Paradies werfen ließ, erkannten sie sich, wie es heißt. Erkannten, sie waren anders als vorher. Nackt, obwohl dieses Wort ihnen nicht geläufig gewesen sein kann. Wie bei allen Worten. Später, wenn sie es mehrmals erlebt, formt Sprachlust das Wort. Adam sah sofort, Eva sieht anders aus. Sie sah ihn an, entdeckte, er hat etwas, das sie nicht hat. Wie das wohl zusammen passen könnte, fragte sie sich. Frau die aufmerksamere der beiden.

Im Paradies lebten sie nebeneinander, ohne dass irgendetwas Ungewöhnliches passierte. Jetzt raschelten die Blätter am Baum lauter. Feuchtes Gras kitzelte ihren Rücken. Wind kühlte ihre Leiber, ein Sonnenstrahl erhitzte sie im selben Augenblick. Weckte seltsame Lustgefühle. Und dann spürte er plötzlich ihren wogenden Körper unter sich. Sie seinen erregten über sich. Heiß wurde ihnen und alles in ihnen bereit, zu tun, zu was es sie trieb. Wünschten, dieser Zustand bliebe bis in alle Ewigkeit. Zum ersten Mal spürten beide, das sie sich brauchten. Weil jeder anders war, ein anderer Mensch.

Frauen in prähistorischer Zeit zogen mit den Männern von Revier zu Revier. Dahin, wo sie erfolgreich Nahrung beschaffen, sprich jagen konnten. Ihre Frauen brieten oder kochten das von Männern zerlegte Wild. In erster Linie, um ihre Beschaffer bei Laune zu halten. Ihre körperliche Kraft zu stärken. Waren sie doch abhängig von ihnen. Als Ernährer und Zeuger von Kindern. Die wiederum dringend notwendig als Nahrungs-Beschaffer und Hilfe im Alter. Alters-Rente oder Versicherungen gab es nicht. Mann nicht zuletzt auch der körperlich stärkere, sie zu beschützen. Bedrohten sie ungezähmte Tiere oder Menschenfresser.

Frauen ertrugen auch gewaltsamen Sex, neun Monate Schwangerschaft, Wehen und oh schmerzensreiche Geburt. Und immer noch Zeit, anderes zu tun. Nährten ihre Kinder. Nähten Winterkleidung aus Fellen erlegter Tiere. Flochten aus ihren Sehnen Seile für Bogenschützen. Die Jagdbeute mit den Beinen kopfüber an einen Ast zu binden, den zwei Männer heimwärts trugen. Alles Techniken, die aus der Not geboren. Vermutlich von Frauen erfunden. Weil sie Zeit hatten, ihre Männer stets auf Jagd nach irgendwas. Heute sagt man «Start-up», hat einer oder eine die Idee, ein aktuelles Problem zu lösen.

Frauen in späteren Zeiten erwünscht, als Marketenderin ein Ritterheer auf Kriegszügen zu begleiten. Für sein leibliches Wohl zu sorgen. Liebesdienste belohnt mit einem Klapps auf den Hintern. Ehefrauen von Grafen und Herzögen nicht selten eingesperrt, befand sich ihr Mann auf der Jagd oder länger dauernden Kriegszügen. Frauen im Harem orientalischer Herrscher beaufsichtigte ein Eunuche. Ein Mann, den nackte Haut nicht sexuell erregte, weil er kastriert war. Auch der Staufer-Kaiser «Friedrich II.» ließ seine zweite Frau

«Isabella Plantagenet» von einem sarazenischen Eunuchen bewachen. Niemand anderes sollte während seiner Abwesenheit mit ihr schlafen können. Alle wussten es und keiner beschwerte sich. Liebe, auch körperliche, kein Tabu.

Bis Papst und das Conclave 334 n. Chr. die ersten Dogmen verabschiedeten. Für Gläubige verbindliche Glaubenswahrheiten. Im Laufe der Jahrhunderte ergänzt und in Predigten erläutert. 789 n. Chr. die Erbsünde als Dogma verkündet. Adam und Eva als Stammeltern des Menschengeschlechts erlagen der Versuchung des Teufels. Sündig geworden, verloren sie Gottes Freundschaft. Und die Gewissheit, nach ihrem Tod weiterzuleben. Sich selbst erkannt als Mann und Frau, allen menschlichen Trieben ausgesetzt. Begehrten sich, bis einer von beiden meinte: Sex kann doch nicht alles sein. Wer war es wohl?

Vom Mittelalter bis Anfang des 20. Jahrhundert bedeckten Mann und Frau ihre Blöße. Folgten aber wechselnder Mode. Bei der geschlechtsspezifisch Busen und Gemächt betont wurden. Die das Darunter kaum verbargen. Besonders im sinnenfreudigen Barock. Nicht nur auf Gemälden von Peter Paul Rubens. Der malte nur, die ihm in der neuesten Mode Modell standen. Im Verhalten, privat und in der Öffentlichkeit aber spielte man die züchtige Frau, den treusorgenden Mann.

«Don Juan» und «Zarin Katharina die Große» immer wieder zitierte Ausnahmen. Letzere soll sich unter einen erregten Hengst habe binden lassen, seine Wollust in sich zu spüren. Im Film «Der blaue Engel» steckte Varieté-Sängerin Lolo dem verliebten Professor Immanuel Rath ihren Schlüpfer in die Manteltasche. Und der, total aus der Fassung geraten, riskiert Stellung und Ansehen. Libido erfasste Mann und Frau. Man darf sich fragen, wer von beiden hat zuerst angefangen?

Immer schon nehmen Kinder wahr, dass ihre Mutter anders aussieht als der Vater. Ohne es bewusst einzuordnen. Schwestern anders als Brüder. Ihre Haare länger, zwei Brüste werden sichtbar mit der Zeit, anders als bei Jungen. Dass sie sich an die ihrer Mutter erinnern, wird von keinem später erzählt. Nur in der Oper «Die lustigen Weiber von Windsor» das Thema eines trunkenen Falstaff:
„Als Büblein klein an der Mutterbrust . . . hop heißa bei Regen und Wind.“

Im wirklichen Leben erfahren die meisten Kinder ihre Mütter als liebevolle, ausschließlich ihnen zugewandte Wesen. Es sei denn, sie müssen tagsüber arbeiten und Geld verdienen. Die Kinder auf ihre ständige Anwesenheit verzichten. Erfahren bei fremden Leuten, dass sie anders sind und anders aussehen und gar nicht so lieb wie Mama zu ihnen. Heute ersetzt der Vater die Mutter, wenn sie allein das nötige Geld verdient. Das aber ist nicht dasselbe. Eine Mama ist eine Mama.

Pubertär geworden unterscheiden sich Jungen und Mädchen seit eh und je. Jungen pinkeln im Stehen, Mädchen müssen sich hocken. Erkannten sich auch an unterschiedlichen Manieren. Mädchen schon fast Frauen. Redeten unentwegt und bewegten Arme und Beine. Ihre Figur, lange Haare ließen erkennen, sie sind anders. Jungen fühlten sich erst abgestoßen. Sollten sie doch sein wie sie sind. Dumme Gänse, blöde Gören. Mit der Zeit aber interessierten sie sich für das andere Geschlecht. Fühlten sich von ihrem Anderssein angezogen. Auch wenn ihnen nicht klar war, was es denn sein könnte. Das von diesen unbekannten, reizvollen Wesen ausging. Irgendwas kitzelte ihren Nervus Rerum. Erstes aufregendes Gefühl eines, der bald ein Mann sein wird.

Allein schon ihre Figur ausgeprägter als bei Jungen. Schlank ihre Taille, zwei Brüste statt einer, im Schwimmbad entdeckt. Der Po bei den meisten noch klein wie bei ihnen. Aber bewegen sie sich, wippt ihr Hinterteil im Takt. Ihre Haare zum

Krönchen geflochten wie die einer Prinzessin. Der ein oder andere Junge schwärmte für solche Mädchen. Wünschte Prinz zu sein. Ein Held, der nichts anderes will, als Rapunzel aus den Fängen der Hexe befreien. Und sie dann mit allem Pomp zu heiraten. Andere bewunderten Mädchen mit langen Haaren, die sie in seiner Gegenwart zu einem Zopf flochten. Als wollten sie ihm zeigen: Sieh – ich kann im Nu eine andere sein.

Heute registrieren schon kleine Kinder was Frauen von Männern unterscheidet. Sehen es auf Plakaten, in Schaufenstern und auf der Straße. Hören es in der Schule. Auch von ihren Eltern, den wichtigsten Bezugspersonen. Viele von ihnen wollen mit der Zeit gehen. Benehmen sich ungeniert. Laufen halbnackt durch die Wohnung. Lassen «Coupé» oder «Playboy» offen herumliegen oder gucken Pornofilme. Handy oder Smartphone von morgens bis abends am Ohr oder drauf geguckt. Geschaut und geredet, als gelte es, alle Menschen von ihrer Wahrheit zu überzeugen. Kaufen ihren Kindern auch digitales Spielzeug, weil es modern ist und alle es haben. Wundern sich, dass die Kleinen bald schon wie sie von morgens bis abends darauf herum tippen. Besser und schneller als sie selber. Und das sollen Vorbilder sein? Mütter nicht anders als Väter Opfer einer aus den Fugen geratenen realen Welt?

So ist es heute in vielen Familien. Gesellschaftliche Verhältnisse bewirken einen neuen Trend. Nicht umgekehrt. Erinnern wir noch einmal zurück, ins letzte Jahrhundert. Nach dem ersten Weltkrieg war nichts mehr wie es vorher war. Not und Tod hatten Tradition und Gewohnheiten paralysiert. Strenge Etikette ins Gegenteil verkehrt. Jungen wollten nicht mehr zum Militär, mit Zinnsoldaten spielen. Nicht mehr stramm stehen, Haltung bewahren. Mädchen nicht mehr mit Puppen spielen, Handarbeiten. Zuhause und auf einer Mädchenschule lernen, wie man sich als Frau und Mutter zu verhalten hat.

In den 1920ern war die Jugend aufmüpfig, schloss sich zu Gruppen zusammen. Wollten nicht mehr Erwachsenen gehorchen, sondern sich selbst erfahren. In freier Natur leben. In Zelten übernachten statt in einem Bett. Erde unter sich spüren, statt Linoleumboden, Teppich oder Parkett. Kühle Nachtluft einatmen. Am wärmenden Lagerfeuer den Schlaf vergessen. Singen oder nachdenken. Sterne am Himmel und nah, die das gleiche spüren. Erwachsen zu werden. Frei und unabhängig von Vater oder Mutter lernen, wer man ist. Und was man kann.

Mütter werden unter ihrer Abwesenheit mehr gelitten haben als Väter. Waren sie jung genug, suchten auch sie das Andere, Neue. Varieté, Tanz und Sport boten sich an. Im Kino die ersten Tonfilme: «Ich küsse Ihre Hand Madame». «Melodie der Welt». «Das Land ohne Frauen». «Die Drei von der Tankstelle». Frauen begehrt, Männer verehrt. Besucherinnen und Besucher fanden in Leinwand-Stars ihre zweite Identität. Männer «Emil Jannings», Frauen «Marlene Dietrich». Bis Hitler an die Macht kam.

Von Anfang an war Mann der Kämpfer für eine bessere Zukunft. Darauf trainiert in Hitlerjugend, Arbeitsdienst und Militär. Bevor sie in einem Beruf ihr Bestes zu geben hatten. Frauen in erster Linie Mütter, Söhne zu erziehen. Ein deutscher Junge hat flink wie ein Windhund zu sein, hart wie Krupp-Stahl und zäh wie Leder. Hitler wollte mit dieser Forderung einen neuen Typ des Deutschen schaffen, der dem System willenlos dienen sollte.

Frauen in erster Linie Mütter, Kinder zu gebären. Söhne im Sinne Hitlers zu erziehen. Töchter dazu, Mutter zu werden. Seit fruchtbar und mehret euch. Verstanden als politisches Ziel: Nur Deutsche, sprich Arier die beste Rasse. Vom Schicksal bestimmt, die Herren der Welt zu sein.

Die Nazis unternahmen alles, Mütter in diesem Sinne zu indoktrinieren. Muttertag als Festtag eingeführt. Als Pendent zum Ritterkreuz für Soldaten das Mutter-Kreuz verliehen. Von Kritikern insgeheim Karnickel-Kreuz genannt. 1935 eine einmalige Kinderbeihilfe gezahlt. Ab 1936 ein monatliches Kindergeld in Höhe von 10 Mark. Für Familien mit einem Monatseinkommen bis 185 Mark. Kostenlose Haushilfe ab vier Kindern. Während des Bombenkrieges wurden Kinder unter Aufsicht von Erzieherinnen aus Gefahrenzonen gebracht. Ihre Sommerferien gratis in ländlich gelegenen Heimen zu verbringen. Jungen, die Zukunft des Volkes, in nationalsozialistischen Erziehungs-Anstalten auf Vordermann gebracht. Mädchen im BDM, Bund Deutscher Mädchen, auf die Mutterschaft vorbereitet.

Das Wort Sex gab es in der Sprache der Nazis nicht. Unter der Bettdecke das Einzige, was man unentdeckt erledigen konnte. Hitler selber soll impotent gewesen sein. Nur der Form halber seine Freundin Eva Braun geheiratet, bevor er sie und sich selbst am 30. April 1945 in Berlin erschoss. Noch lange nach Kriegsschluss wirkten Wortsinn und Gesetze der Nazis in der neu gegründeten Bundesrepublik nach.

Die Alliierten wollten dem Einhalt gebieten. Strengten 1946 einen Prozess an, die führenden

Nazis zu verurteilen. Um aller Welt, vor allem den Deutschen selber vor Augen zu führen, dass Verbrechern folgen auch ein Verbrechen ist. Männer gewählt und bejubelt, die sich schon vor dem Krieg, 1938 in der Reichs-Kristallnacht als Massenmörder geoutet. Nach vielen Verhören und Gegenüberstellungen verurteilte das Gericht 24 Angeklagte wegen Kriegsverbrechen. 14 zu Tod durch Hängen, 7 zu 10 bis 20 Jahren Haft und lebenslänglich. 3 freigesprochen. Ob danach alle Deutschen begriffen haben, dass sie falschen Parolen gefolgt sind?

Erst in den 1968ern änderte sich alles. Wirklich alles. Auf den Straßen protestierten tausende Studenten und Studentinnen gegen die verkrustete Gesellschaft. Den Vietnamkrieg, geplante Notstandsgesetze, rigide Sexualmoral und fehlende Aufarbeitung der NS-Vergangenheit. Die «APO», außerparlamentarische Opposition verlangte, im Parlament gehört zu werden.

Radikaler und brachial die 1970 gegründete «RAF», Rote Armee Fraktion. Linksextremistische, terroristische Vereinigung. Ermordete führende Vertreter von Politik und Wirtschaft. Entführte ein Flugzeug mit Passagieren als Geiseln ins afrikanische Mogadischu. Politiker der BRD zu erpressen.

Zum Glück gelang es, die Entführer zu überraschen und die Passagiere zu befreien. Initiatoren dieser wachsenden Gruppe zwei Frauen und zwei Männer: Ulrike Meinhof, Gudrun Ensslin, Andreas Bader und Horst Mahler. Ihr Ziel: den westlichen Imperialismus schwächen. Nach dem Muster der südamerikanischem Stadtguerilla. Ihr Motto: «Macht kaputt, was euch kaputt macht.» Vierunddreißig Menschen wurden Opfer von Entführungen und Attentaten.

Man könnte vorschnell verfehlter Erziehung der Täter in ihrem Elternhaus die Schuld geben. Es wäre zu einfach, vorwiegend Müttern vorzuhalten, sie nicht zu friedfertigen Menschen erzogen zu haben. Mit friedlichen Mitteln Gegensätze auszutarieren. Miteinander reden, diskutieren und nicht zuschlagen. Nach richtigen Worten suchen statt schreien, wenn einem des anderen Meinung nicht passt. Das Problem aber war, die Eltern der am Terror beteiligten hatten das Wichtigste selber nicht erlebt und erfahren.

Nämlich Kinder bei ihrem Tun und Lassen zu beobachten. Nicht wie von ihren Eltern gelernt, aufpassen und bestrafen, was sie für falsch halten. Nichts wird von selber gut. Kein Mensch, keine Sache. Wie man früher dachte, als sich alles nur sehr langsam änderte, wenn überhaupt. Tradierte Gewohnheiten gaben Halt. Heute aber ändert sich alles schneller als je zuvor. Beschleunigt durch stets wechselndes Verhalten der Menschen, getrieben von Egoismus. Und einer rasanten Entwicklung, die reale Welt in Daten und Bedürfnisse in Aphorismen aufzulösen. Digitalisierung das Leitmotiv eines Fortschritts, der ein Problem ist. Nicht Rückständigkeit wie in den 1960/70ern. Mehr noch: Das vor uns liegt im Dunklen.

Es braucht Fantasie und Mut zum Risiko. Vor allem, Erziehung wirklich ernst zu nehmen. Mütter können von ihrer Natur aus Gegensätze austarieren. Frauen sind anders veranlagt als Männer. Vielseitig orientiert und bestrebt, alles zu einem guten Ende zu führen. Von extremen wie Ulrike Meinhof, Gudrun Ensslin und etlichen KZ-Aufseherinnen während der Nazizeit abgesehen. Und traditionellen Erziehungsmethoden in Familien und Heimen.

Väter lieben in der Regel ihre Kinder. Beweisen es mit Geschenken statt sie zu umarmen. Rasten aber aus und ohrfeigen sie, ist einem Kind die Suppe vom Löffel auf die neue, gerade gekaufte Damastdecke geschlabbert. Oder eine andere Meinung geäußert als Papa. Vom Stress in Beruf und

Pflichten zuhause geplagt. Wie wäre es, wenn Väter sich zuhause bewusst zurück nähmen. In ihre Kinder hineinversetzten und die eigene Kindheit erinnerten? Das Gefühl kennen, bestraft zu werden für nichts und wieder nichts. Der Versuch, Kinder zu verstehen ist hilfreicher als strafen. Verzeihung empfinden Kinder wie eine Umarmung. Wecken in ihnen die Bereitschaft, zu lernen. Dass es besser ist für alle, wenn man aufpasst. Alles, ja alles will gelernt werden.

Mütter neigen dazu, ihnen alles zu verzeihen. Lehren sie, dass reden besser ist als sich prügeln. Auch wenn sie kein Wort darüber verlieren. Kinder spüren es. Deshalb lieben sie ihre Mutter inniger als den Vater. Weil sie sie umarmt, plagt sie erster Liebeskummer. Italienische Mamas hätscheln Söhne noch, wenn sie schon lange verheiratet sind. Trösten sie, wenn sie den Job verloren. Oder Differenzen haben mit der Frau. Ermuntern und schlichten, bezahlen von ihrem Haushaltgeld seine Spielschulden. Söhne immer ihre Kinder, solange sie leben. Töchter sind Mütter wie sie, die sich selber trösten können.

Auffassungen, Jahrhunderte lang praktiziert, sind so schnell nicht zu ändern. War es doch üblich, dass Mütter allein Haus oder Wohnung hüteten.

Väter außer Haus oder in der Werkstatt, das nötige Geld verdienen mussten. Tagsüber also abwesend, im wörtlichen Sinne. Mütter sorgten für ihre Kinder. Erzogen sie nach ihren Vorstellungen. Maßstäbe, die meist die ihrer Eltern und Großeltern waren. Kaum etwas änderte sich früher. Im engen Familienkreis schon gar nicht. Väter kamen erst abends nachhause. Oder am Wochenende. Nahmen Betragen und Zeugnisse der Kinder zur Kenntnis. Lobten und tadelten, das war 's auch schon. Die Rollen verteilt.

Sozialwissenschaftler erfuhren in Umfragen, dass sich heute noch die Mehrheit von Männern und Frauen wie im 19. Jahrhundert verhält: Verantwortlich für das Geld ist der Mann. Für Haushalt und Erziehung des Nachwuchses die Ehefrau. Obwohl bekannt ist, dass viele Mütter arbeiten müssen. Nicht wenige alleinerziehend. Um Geld für den Lebensunterhalt, Wohnungsmiete zu verdienen. In Urlaub fahren zu können und Geburtstage feiern. Die meisten von ihnen managen es bravourös. Man sollte sie öffentlich ehren und ihnen das Bundesverdienstkreuz erster Klasse verleihen.

Immer schon protestierten Frauen gegen Unterdrücker. Bewiesen damit, dass sie wie Männer auch kämpfen können. «Judith», bekannt aus dem Alten Testament. Sie bezirzte «Holofernes», den Feldherrn der Babylonier, mit nacktem Bein und süßem Wein. Als es Wirkung zeigte, der kräftige Mann eingeduselt, ergriff sie sein Schwert und schlug ihm das Haupt vom Rumpf. Zum äußersten entschlossen, das Volk Israel von babylonischer Unterdrückung zu befreien. Spätere Künstler feierten sie als Heldin in Gemälden, Skulpturen, sogar in Theaterstücken.

Andere selbstlos, Höherem verpflichtet. «Sara», die Frau «Abrahams» verzichtete auf angestammte Rechte und forderte ihren Mann auf, «Hagar», ihre arabische Dienstmagd zu schwängern. Weil sie in den Wechseljahren keine Kinder mehr bekommen konnte. Die Zukunft des Volkes Israel aber gesichert sein müsse. Heldin oder Opfer? Aus Sicht einer Jüdin eine Selbstverständlichkeit. Umsichtig und auf Jahwe, den Schöpfergott vertrauend.

Hagar gebar einen Sohn, «Ismael», nannten sie ihn. Abraham muss auch mit 88 Jahren noch potent gewesen sein. Sara mit seiner Libido angesteckt haben. Und siehe, trotz hohen Alters gebar sie einen Sohn. Nannten ihn «Isaak». Stammvater der Juden. Ismael Stammvater der Araber. Palästinenser und Juden müssten sich demnach bestens verstehen.

Als 1969 – 1974 «Golda Meir» Ministerpräden-
tin Israels war, suchte sie mit dem Impetus von
Frauen Gespräche mit allen. Auch mit Palästinensern. Im Krieg mit Ägypten schloss sie einen Waffenstillstand. Gegen den Widerstand im eigenen
Parlament. Zielorientiert wie ein Mann getan, was
sein musste. Aber als Frau das Ganze im Blick gehabt. Bis wieder Männer die Macht übernahmen.
Auf beiden Seiten.

Auch in Indien hat eine Frau politisches Talent
bewiesen, «Indira Gandhi». Aktiv an der Seite Ma-
hatma Gandhis, mit dem sie nicht verwandt war.
Kämpfte um die Unabhängigkeit von Groß-
Britannien. Wie er mit friedlichen Mitteln. Während des Krieges mit Pakistan fuhr sie an die
Front. Um als Ministerin für Information und
Rundfunk mit den Menschen dort und mit Journalisten zu sprechen. In den Medien wurde sie gefeiert:

*Indira Gandhi der einzige Mann, im Kabinett sitzen
nur alte Weiber.*

Knappe Lebensmittel als Folge lang anhaltender
Hitze und Dürre im Vorjahr nahm sie zum Anlass,
die zu kleine Anzahl von «Food-Zones» aufzulösen. Und Lebensmittel überall im Land zu verkaufen. Große Mengen aus den USA importiert, den
Mangel zu beenden. Als Premierministerin gelang

es ihr, den schon lange schwelenden Krieg mit Pakistan innerhalb zwei Wochen zu beenden. Ordnete einen Waffenstillstand an. Was ihren Vorgängern nicht gelungen war und eine mögliche Einmischung Chinas und den USA verhinderte. Ließ eine Demarkationslinie durch Kashmir ziehen, von Indien und Pakistan anerkannte Grenze. Innerhalb derer beide Staaten auf ihrem Gebiet die volle staatliche Souveränität behielten. Indira Gandhi erlag 1984 den Folgen eines Attentats von Extremisten. Als Folge eines Kastendenkens, das auch sie nicht ändern konnte.

Frauen versuchten immer schon in der Politik Einfluss zu gewinnen. Manchmal auch drängten militaristische Kräfte sie an die Macht. «Maria Estela Martinez de Péron» in Argentinien am 1. Juli 1974 als Präsidentin vereidigt. Nachdem ihr Mann plötzlich an Herzversagen gestorben. Man wollte keine Diskussionen und eine Wahl verhindern. Die korrupten Verhältnisse im Land erhalten. Maria Estela nur eine Marionette in der Hand der peronistischen Partei. 1976 vom Militär unter Hausarrest gestellt. Eines von 30000 Opfern der Militär-Junta in Argentinien.

Argentinien bis heute gebeutelt von Korruption, Machtkämpfen und Drogenhandel. Nach dem Tod Nestor Kirchners wählte man seine Witwe «Christina Fernández de Kirchner» zur Präsidentin. Sie hielt sich von 2007 – 2015 im Amt. Verstaatlichte viele Privatunternehmen. An denen schon ihr Mann beteiligt war. Ihr Privatvermögen zum Schluss vermehrt um 572 %. Gewonnen aus Beteiligungen, Geldwäsche und illegalem Waffenhandel. 2017 verhaftet und wegen Straf-Vereitlung im Amt und Korruption verurteilt. Auch Frauen können wie Männer agieren. Und damit andere ihres Geschlechts ins rechte Licht rücken.

Heute sind mehr Frauen als je zuvor in der Politik Parteivorsitzende, Ministerinnen, Präsidentinnen. In vielen Ländern bekleiden sie führende Positionen. Ab den 1940ern bis heute haben 75 Präsidentinnen von Staaten, Organisationen und Vereinen und 91 als Chefin einer Regierung die Geschicke einer Gemeinschaft entscheidend mitbestimmt. Motiviert, ein Ziel zu erreichen, das auch Männer für richtig hielten, Sonst hätten sie sie nicht gewählt. Dann aber andere als ihnen vertraute Mittel und Methoden angewendet. Sich als erste Dienerin einer Gemeinschaft verstanden.

Aber Frauen haben auch eine unrühmliche Rolle gespielt. Die Neuronen in ihrem Hirn falsch gepolt wie bei Hirnschäden im Kindesalter. Die dann ein Leben lang autistisch, egozentrisch sind. Besonders wenn es um Macht oder Geld geht, dem Privileg des Mannes. «Elisabeth», Tochter des Frauenverschleißers Heinrich VIII. wurde nach seinem Tod Königin von England. Blieb ihr Leben lang unverheiratet. Neidete ihrer Cousine Maria, Königin von Schottland, privates Glück. Warf ihr vor, sie plane ein Komplott gegen sie. Ließ sie 1586 von einem Gericht für schuldig erklären und hinrichten. Um die Konkurrenz los zu werden.

Ähnlich «Ranavalona», Ehefrau des Königs von Madagaskar. Sie ließ 1828 nach dem Tod ihres Mannes alle potentiellen Nachfolger töten. Seine Mutter, seinen Sohn und dessen Frau. Um selber Königin zu werden. Zeitgenossen nannten sie die Grausame. Männer mussten ohne Lohn als Sklaven arbeiten. Zeitalter der Finsternis wird es genannt.

In Kolumbien nannte man Griselda Blanco «la reine de la cocaina» Drogen-Königin. Als Witwe eines Drogenhändlers führte sie sein Geschäft, brutaler noch als ihr Mann. Wer nicht parierte, ein Geschäft verpasste, den ließ sie mundtot machen. 2012 wurde sie selbst in den USA von einem Motorradkiller auf offener Straße erschossen.

Heute mag die Tatsache, dass Frauen hohe und höchste Positionen bekleiden, der von Frauen geforderten Gleichberechtigung geschuldet sein. Männer geben zu, dass Frauen begabt sind wie sie und entschlossen, zu handeln. Kein Wunder, hat Gott sie doch aus einer Rippe des Mannes erschaffen. Frauen denken nicht biblisch in der Regel. Sondern praktisch. Nüchtern und sachlich wägen sie Pro und Contra von Sachverhalten ab. Bevor sie entscheiden. Ohne parteipolitische Ambitionen. Manche sogar fasziniert von einer Idee, die sie motiviert, ein Ziel zu erreichen.

Wie «Jeanne d 'Arc», die 1429 den Dauphin von Frankreich mit ihrem Aufruf überzeugte: wir werden die englischen Besatzer mit Gottes Hilfe aus unserem Land jagen. Anfangs lästerten Generäle und Soldaten. Ein 19jähriges Mädchen will Soldat spielen – ha ha. Als Jungfrau im Auftrag Gottes an ihrer Seite gegen die Engländer kämpfen – ha, ha. Dann rief sie der Kronprinz zur Überraschung aller zu sich. Er wolle prüfen lassen, ob sie sich von Gott gesandt sah, sie selbst noch Jungfrau ist. Das positive Resultat begeisterte die Männer so sehr, dass sie Johanna an der Spitze reiten ließen, die Fahne schwenken. Die Engländer verließen fluchtartig das Land. Der Dauphin in der Kathedrale von Reims als König Karl VII. gekrönt, regierte ein befreites Frankreich.

Wie man weiß, begannen die Engländer erneut, französisches Land zu erobern. Obsiegten und Johanna geriet durch Verrat in Gefangenschaft. Und übergab sie der Inquisition. Vertreter der Römisch-Katholischen Kirche verurteilten sie in einem Monsterprozess am 30. Mai 1431 zum Tod auf dem Scheiterhaufen. Vierundzwanzig Jahre später quälte die Kurie das schlechte Gewissen und hob das Urteil auf. Erklärte Johanna zur Märtyrerin. 1920 von Papst Benedikt XV. Heiliggesprochen. Ab da ist die Jungfrau von Orleans Schutzpatronin Frankreichs. In Orleans das bronzene Standbild Symbol einer Freiheits-Heldin.

Sind Frauen von einer Idee überzeugt, lassen sie nicht eher Ruhe, bis sie sie verwirklicht haben. Mag sich ihnen noch so vieles in den Weg stellen. Beharrlichkeit eine ihrer Tugenden. Nicht physische Ausdauer wie Männer bei Marathonlauf oder Radrennen. Sondern geduldig, abwartend, bis ihre Stunde schlägt.

Nach dem an Gott orientierten Mittelalter stand seit der Renaissance der Mensch im Mittelpunkt. Im Barock feierte man die Sinnenfreude. Vor allem an Fürsten- und Könighöfen. An der Spitze aller Monarchen der französische König «Louis XIV.», Sonnenkönig genannt. In seinem Reich sollte die Sonne nie untergehen. Frauen hatten dabei einen nicht geringen Einfluss. Weniger die Ehefrau, mehr die große Anzahl von Geliebten. Der Begriff «Mätresse» wurde geboren. Herrin, übersetzt. Die mächtigste weibliche Person an absolutistischen Höfen.

Sie hatten Erfolg, weil Könige oft gezwungen waren, politisch motivierte Ehen einzugehen. Suchten und fanden Mätressen, ihre Libido zu befriedigen. Eine von König Louis XIV. Mätressen war «Françoise d' Aubigny». Sie hatte sich, im Gegensatz zu Madame Pompadour, zum Ziel gesetzt, ihren königlichen Liebhaber zu einem besseren Menschen zu erziehen. Dem Lotterleben am Hofe ein Ende zu bereiten.

Louis XIV. verlangte Fleisch nur von weiblichen Tieren. Jeder verrichtete seine Notdurft da, wo er sich gerade befand. Seine königliche Majestät hielt, auf dem Nachttopf hockend, Konferenzen ab. Klagte, seine spanische Ehefrau Maria Theresa sei zu dumm, zu katholisch, um mit ihr diskutieren zu können. Françoise hörte es und beschloss, zur Tat zu schreiten. Seine Seele zu retten. Holte sich Rat bei erfahrenen Mätressen, um seine ausgefallenen Gelüste zu befriedigen. Gewann das Vertrauen des Königs und echte Zuneigung. Nachdem seine Frau Maria Theresa gestorben, heiratete er sie. Adelte die Bürgerliche, damit auch der Hof sie akzeptierte.

Françoise d 'Aubigny ging als «Marquise de Maintenon» und erfolgreichste Mätresse in die Geschichte ein. Weil sie, so munkelte man im Nachhinein, als geheime Königin die unsterbliche Seele des Monarchen gewonnen. Etwas, das selbst am Hofe Höchstgestellte nie besessen haben.

Frauen in künstlerischen Berufen anders. Sichtbar, hörbar und lesbar ihr ganzes Wesen. Jenseits von allem Bekannten, Vertrauten. Offen und unverstellt wie selten bei einem Mann. Beglückend.

«Frida Kahlo», mexikanische Frau und Malerin in einem Land, dessen Männer bis heute den Ruf sexbesessener Machos haben. Frauen Objekte ihrer Leidenschaft. Frida bekannt und bewundert als Malerin ihres verwundeten Ichs. Als Fahrgast in einer Straßenbahn bei einem Zusammenstoß mit einem Bus schwer verletzt. Arme, Beine gebrochen, der Nackenwirbel. Aber ein Wunder geschah. In der Klinik begann sie zu malen. Die Leinwand vor sich auf einem Gestell, Farben und Palette neben ihr auf einem Beistelltisch. Sie selbst bewegungslos eingeschnürt in ein Gips-Korsett. Den Pinsel an die Hand gebunden.

Im ersten Gemälde ihr Oberkörper offen, als hätte ein Pathologe ihn aufgeschnitten. Ihre Wirbelsäule die mehrfach gebrochene Säule eines griechischen Tempels. Selbstbildnis wie fast alle ihre Bilder. Auch nach ihrer Entlassung und erneuten Aufenthalten in Kliniken. Nie wurde sie gesund. Immer aber wollte sie um ihrer selbst willen geliebt werden. Frida litt unter ihrem Diego, der ein Macho war. Mehr als unter körperlichen Schmerzen. Ein Gemälde zeigt sie nackt auf einer Pritsche. *«Ein paar kleine Dolchstiche»* der Text darunter. Viele kleine Wunden in Gesicht und Körper bluten. Rot der Boden neben ihrem Bett. Und Diego, ihr Mann. Eine Hand in der Hosentasche. In der anderen ein Messer.

Frida Kahlo eine Frau, die leidenschaftlich und nüchtern zugleich sich selber sah und in Bildern darstellte. Damit zugab, nicht die zu sein, die man geneigt ist zu sehen. Immer noch, nach mehr als einem Jahrhundert erschüttert und beglückt jedes ihrer Bilder.

«Anne Sophie Mutter», deutsches Ausnahme-Talent auf der Violine. Mit Zwanzig vom Jahrhundert-Dirigenten Herbert von Karajan entdeckt. Er liebte sie wie ein Vater sein Kind. Förderte ihre Karriere zum Weltstar. Sie brauchten sich nichts zu sagen. Fühlten dasselbe in Konzerten. Zuerst entdeckt bei ihrem Antritts-Konzert mit Beethovens

Violin-Konzert in e – Dur. Unausgesprochen einverstanden mit den Intentionen des anderen. Verschmolzen beider Idealvorstellungen zu einem Meisterwerk. Die Chemie zwischen beiden stimmte. Was zwischen Solist und Dirigent äußerst selten der Fall ist. Kein Wunder, dass Anne Sophie auf ihrer Geige Menschen das absolut Schöne erleben lässt. Silberne Töne sie zu Tränen rühren. Ludwig van Beethovens einziges Konzert für Orchester und Violine war der große Durchbruch. Auf Tonträgern verewigt.

«Susan Sontag» amerikanische Schriftstellerin, der andere Topos einer Frau. Ihre unglückliche Kindheit bezeichnete sie später als Gefängnis. Der Vater starb, als sie fünf war. Die Mutter schön, aber alkoholsüchtig und stets abwesend. Susan schon früh an Literatur interessiert. Las, was sie kriegen konnte. Lernte Mozarts Köchelverzeichnis auswendig. Mit 15 beendete sie die Highschool. Entdeckt ihre Liebe zu Frauen. Heiratet mit 17 ihren Professor, Sohn David wird geboren. Zwei Jahre später lässt sie sich scheiden. In New York angekommen, stürzt sie sich in die Bohème. Schreibt «Notes on Camp» zum Kitsch-Stil der Homosexuellen und wird berühmt. Las alle Bücher der Weltliteratur. Besuchte wie besessen Vernissagen, Partys, reiste und schrieb schwer lesbare Romane, gelehrte Essays. Oft mithilfe von Amphetaminen. Viele kurze Affairen mit Männern, auch mit der Fotografin «Annie Leibovitz». Reich geworden, eine Ikone der zeitgenössischen Literatur. Dreimal an Krebs erkrankt.

Sie wolle nur noch Spaß haben, erklärte sie nach ihrer Genesung. In ihrer Wohnung kaum Möbel, aber Jeans, Dosensuppen und 6000 Bücher. Sigrid Nuñes, ihre Sekretärin, erlebte sie als arrogant, humorlos und unglücklich. Meinte aber: Lese man die zwei Seiten ihres Essays über die Philosophin «Simone Weil», spüre man die originelle, intellektuelle Kraft. Erkenntnis als Resultat eines länger währenden Prozesses definiert. Keine momentane Eingebung, kein Genieblitz. Und damit Simone Weil und deren Vorbild «Aristoteles» ebenbürtig.

«Mutter Theresa» eine der Frauen, die spirituellen Intentionen folgen. Beim Anblick des gekreuzigten Christus beschloss sie, sich nur noch um Menschen zu kümmern, die leiden. Sie selbst bescheiden und freundlich. Alle erlebten die Frau aus Skopje in Nord-Mazedonien, stets ruhig und gelassen. Eine Mitschwester beschreibt ihren Charakter als ungekünstelt und freundlich. Bei ihrem Eintritt in den Loreto-Orden ein schlichtes, ganz normales

Mädchen. Sanftmütig, aber frohen Mutes. An allem, was passierte, hatte sie ihren Spaß.

Als Mitglied des Loreto-Ordens schickte man sie nach Indien. Dort wütete die Lepra, auch Aussatz genannt. Immer noch erkranken weltweit über 200000 Menschen an dieser Seuche. Sie ist zwar mittlerweile heilbar. Aber wer von ihr befallen, wird von der Gesellschaft gemieden. Niemand will sie sehen, in seiner Nähe haben. Kurz entschlossen gründete Theresa 1950 den von Rom anerkannten Orden «Missionarinnen der Nächstenliebe». Weltweit mittlerweile mit 710 Häusern in 133 Ländern. In denen Lepra-Kranke medizinisch versorgt und betreut werden.

Vor allem aber als Menschen ernst genommen. Man hilft ihnen, einen Beruf zu erlernen, Um mit ihrer Hände Arbeit Geld zu verdienen. Nicht mehr wie bisher betteln müssen. Und damit ihre Würde als Individuum behalten. Der Orden half auch armen, obdachlos gewordenen Menschen. Besonders engagiert, Sterbenden in ihrer letzten Stunde beizustehen. Ihnen die Angst vor Sterben und Tod zu nehmen. 1975 erhielt Mutter Theresa den Friedens-Nobelpreis. 1997 starb sie in Kalkutta. Ihr Werk lebt weiter und vergrößert sich ständig. Im Gegensatz zu anderen christlichen Orden. 2016 sprach Papst Franziskus sie Heilig.

Die jüdische Journalistin «Nirid Sommerfeld», eine Kämpferin für Gerechtigkeit. Auf allen Foren, allen digitalen Kanälen präsent. Ihre Großmutter wurde im KZ Auschwitz ermordet. Heute aktiv wie kaum eine andere, Palästinensern Gerechtigkeit widerfahren zu lassen. Man warf ihr vor, antisemitisch zu sein. Weil sie die Politik Netanjaos kritisierte. Die auf Druck ultraorthodoxer Juden zwei Staaten verhindert. Palästinenser nicht dort leben lässt, wo sie seit 600 Jahren zuhause sind. Seit Nirid Sommerfeld in Israel nicht mehr erwünscht ist, tourt sie durch Europa, ihre Botschaft auf Deutsch oder Englisch zu verkünden:

Palästinenser müssen als Menschen wie Du und ich anerkannt werden. Ihr berechtigtes Verlangen erfüllt, in einem eigenen Staat zu leben. Abertausend geflohene und 6 Millionen von den Nazis ermordete Juden seien genug. In Deutschland, dem Land der Täter, verboten Behörden ihre Auftritte, weil sie antisemitisch seien. Sie haben immer noch nicht verstanden: Wer die Freiheit der Meinung als höchstes Gut fordert, muss sie allen gewähren. Schon Rosa Luxemburg postulierte in den unruhigen 1920ern: Freiheit ist die Freiheit des Andersdenkenden. In einem Brief an einen Freund:

Dann sieh, dass du Mensch bleibst. Mensch ist von allem die Hauptsache.

Klosterfrauen, Nonnen genannt, eine weitere Kategorie, die in diesem Zusammenhang genannt werden muss. Frauen, die nicht einem Mann, nur ihrem Gewissen folgten, wehrten sich gegen männliche Hybris. Indem sie auf Gott vertrauten und seiner Liebe zu den Wehrlosen in der Gesellschaft. Nach der Revolution 1789 in Frankreich überfiel eine wilde Soldateska Klöster. Auch eines des Karmeliten-Ordens. In dem Nonnen lebten und beteten, verhasste Anhänger der katholischen Kirche. Töteten eine nach der anderen, die jüngste ein Kind. Nach jedem Säbelhieb leiser der Chor ihrer Stimmen. Zuletzt nur noch das dünne Stimmchen des Kindes zu hören. Mit Gott im Zwiegespräch. Darauf vertrauend, ihre Mitschwestern in seinem Himmel wiederzusehen.

Glauben kann stark machen, auch blinde Wut von Männern auszuhalten. «Francis Poulenc schrieb zwischen 1953 und 1956 eine Oper mit dem Thema, angeregt vom Gespräch mit einer Historikerin, der Äbtissin dieses Klosters. «DIALOG DES CARMÉLITES» der Titel eines aufwühlenden Bühnenstückes.

Anders, aber doch ähnlich ein Kloster in Polen. 1945 überfiel sowjetrussische Soldateska die Frauen in ihren Kammern. Vergewaltigten sie und ließen sieben von ihnen schwanger zurück. Frauen, deren Körper andere nie gesehen und berührt. Männer schon gar nicht. Nach Wochen erst merkten sie, dass Unbekanntes sie plagte. Riefen eine Ärztin des Roten Kreuzes, ihnen zu helfen. Obwohl es lange dauerte, bis sie ihr erlaubten, sie zu untersuchen, ihre Kleider auszuziehen. Die Oberin schaffte die Neugeborenen in einem Korb vor ein Kruzifix an der Zufahrtsstraße. Hoffend, ihr Schutzengel würde es finden und einer barmherzigen Frau in Pflege geben. Kinder in ihrem Kloster hätten dem Ruf des Hauses geschadet. Die Ärztin erkannte das Ausmaß des Problems und löste es mit einer überraschenden Idee:

Holte von der Straße elternlose Kinder und übergab sie den Nonnen. Damit sie lernen, dass Mutter sein von Gott gewollt und ein Glück ist. Einmalig die Gelegenheit, ahnungslose Kinder zu Kindern Gottes zu erziehen. Sich selbst treu und verantwortlich für den Nächsten.

Man muss nicht lange rätseln, warum gerade Frauen in Sachen Nächstenliebe beispielhaft waren und immer noch sind. Lieben, Bewahren und Sorge ihre Natur. Schützen sie doch das Leben in ihnen, bevor sie es unter Schmerzen gebären. Sie nehmen wahr, was Männern verschlossen bleibt. Deshalb ernannte man in der Antike Frauen zu Priesterinnen. Zwischen sterblichen Menschen und ewigen Göttern zu vermitteln. In der griechischen Mythologie vertreten Göttinnen in ihrer Gesamtheit alles, was Frauen verkörpern:

«Hera», Frau des Göttervaters Zeus. Königin aller Götter und Beschützerin von Ehe, Geburt und Familie. «Aphrodite», Göttin der Liebe, Leidenschaft, Fruchtbarkeit und Freude. «Athene», Göttin der Vernunft, Weisheit und Wissen. «Artemis», Göttin der Jugend. «Demeter» Göttin für Saat, Ernte, Natur und Jahreszeiten.

Regelmäßig tagten Götter und Göttinnen auf dem Olymp – Pantheon genannt. Mit dem Ziel, Macht und Harmonie ins Gleichgewicht zu bringen und zu erhalten. Menschen, wenn nötig, Hilfen zu geben. Wer immer sich diesen Götterhimmel ausgedacht, weiß niemand genau. Naheliegend eine Frau, ein Mann mit Sicherheit nicht. Nur Frauen schaffen den Spagat zwischen Macht und Harmonie. In allen Mythologien und Religionen der Welt spielen Frauen diese Rolle. Aber auch realiter in der menschlichen Gesellschaft. Geschickt zumeist, gelegentlich auch mit Gewalt. Was zeigt, dass auch androgyne Gene in ihnen schlummern. Unter bestimmten äußeren Bedingungen ihr Handeln beeinflussen. Nachfolgend einige Beispiele aus dem letzten Jahrhundert.

Bereits Anfang des 20. Jahrhunderts hat «Emily Wilding Davison», englische Suffragette, versucht, das Männermonopol zu knacken. Mit Mitteln und Methoden, die man eher Männern zutraute. Für ihr oft martialisches Vorgehen wurde sie achtmal inhaftiert. Weil sie das Frauenwahlrecht forderte. Gleichgesinnte Frauen gewann, mit ihr öffentlichkeitswirksam gegen die Herrschaft der Männer zu protestieren. Zerschlugen mit Steinen Fensterscheiben von Politikerwohnungen. Zündeten deren Briefkästen an oder verprügelten mit ihren Schirmen Polizisten, die sie festnehmen wollten.

Ein besonderer Coup gelang Emely, als sie die staatliche Bürokratie ad absurdum führte. Versteckte sich in der Nacht vor der Volkszählung am 11. April 1911 in einem Schrank des «Palace of Westminster». Gab auf dem Wahlzettel ihren derzeitigen Wohnort wahrheitsgemäß an: «House of Commons». Niemand konnte sie wegen Betruges verurteilen. Allenfalls wegen unerlaubten Aufenthaltes in einem Regierungsgebäude. Emily Wilding Davison gilt als erste Frauenrechtlerin der Neuzeit. Die britische Regisseurin Sarah Gavron schrieb ein Drama über Leben und Anliegen dieser Frau, mit dem Titel: «Suffragetten».

«Simone de Beauvoire», bekannte französische Schriftstellerin, Philosophin und Feministin gab

1949 mit ihrem Buch «Das andere Geschlecht» den Anstoß, über die Rolle der Frau zu diskutieren. Ihr Buch lieferte theoretische Grundlagen für die bald einsetzende Frauenbewegung in Europa. 1971 bekannten Frauen, unter ihnen viele Prominente, im «Le Nouvelle Observateur»: wir haben abgetrieben. Cathérine Deneuve und Simone de Beauvoir an der Spitze forderten, den Abtreibungs-Paragraphen abzuschaffen. «Alice Schwarzer» auf ihrer Seite und bald Wortführerin aller Frauen in Deutschland, die sich unterdrückt fühlen. Ihr Manifest im Buch: «Der kleine Unterschied» 1975 veröffentlicht. Mit Berichten geschlagener, vergewaltigter Frauen ein Bestseller geworden. Frage: Hat sich etwas geändert? Alice nur noch selten öffentlich aktiv. «Emma», ihre Hauspostille, hat nur noch weniger als die Hälfte der Erst-Auflage. Sind alle Frauen emanzipiert?

Beispiele aus der Praxis in Unternehmen zeigen ein anderes Bild. 2017 betrug der Anteil von Frauen in der obersten Führungsetage privater Firmen 26 %. Die sich durchsetzen konnten und Karriere machten, brachten schon von Natur aus maskuline Härte als Voraussetzung mit. Im Wettbewerb männlicher Egos zu obsiegen. Oder spielten sie bewusst, um den Job zu bekommen.

Die meisten Frauen folgen ihrem natürlichen Impetus. Nicht anders als Männer. Wer will sie dafür kritisieren? Obwohl es besser für die Gesellschaft wäre, steuerten Frauen die Geschicke einer Gesellschaft. In Firmen, Stadt, Land oder Staat. Frauen, die vermitteln und andere an Entscheidungen teilnehmen lassen. «Angela Merkel», eine, die es geschafft hat. Anfangs ohne es explizit zu wollen. Gelegenheiten und Umstände ergriffen, um handeln zu können. Und hatte plötzlich die Macht in den Händen. Naturwissenschaftliche Logik im Hirn. Die Hände zur Raute geformt. Alles ist denkbar, Verstand und Gefühl. Auch Flüchtlinge im Land. Fast eine Million kam 2015. «Wir schaffen das», ihr Motto. Die Mehrheit des deutschen Volkes nimmt es ihr ab. Der Rest wünscht sie zum Teufel. Sie aber bleibt standhaft bis zum bitteren Ende. Das von der Corona-Pandemie verursachte Hickhack eingeschlossen. Auch das beweist: Frauen sind die besseren Männer.

Das glaubten auch die Menschen im 9. Jahrhundert. Als der regierende Papst «Johannes VIII.» in Wahrheit eine Frau gewesen sei. Überaus intelligent und gebildet habe sie das Conclave mit Kardinälen aus allen Ländern überzeugt. Die Geschichts-Wissenschaft geht davon aus, dass es kein historisches Vorbild für Johanna gab. In der Legende aber lebte sie auf, als der Dominikaner-Mönch «Martin von Troppau» in seiner 1277 veröffentlichten Chronik die «Päpstin Johanna» im 9. Jahrhundert mit allen Einzelheiten verortete. Ob in Schriften entdeckt oder erfunden. Die Erzählung jedenfalls spannend und glaubwürdig. Auch eine Päpstin ist eine Frau, wie der Papst ein Mann. Schwangerschaft und Niederkunft während einer Fronleichnams-Prozession könnten stimmen. Wie die historisch nachgewiesene Tochter des Papstes Hadrian II. im gleichen Jahrhundert.

Troppaus Chronik hielt sich lange. Selbst Päpste glaubten, was er geschrieben. Immer wieder tauchten Berichte auf, deren Glaubwürdigkeit man in Zweifel ziehen kann. Aber das Volk, vor allem Frauen, wollten eine der ihren als Päpstin. Zumal im frühen Mittelalter nur wenige Männer auf dem Papstthron ein vorbildliches Leben führten. Nachstehender Auszug aus der «Schedelschen Weltchronik» von 1499 schildert Johannas Werdegang in der damals üblichen Sprache:

Johannes aus Engelland erlanget mit bösen Künsten das Babsttumb. Dann wiewohl sie eine weibliche Person war, so wandert si doch in Gestalt vnd Geperde eines Mannspilds. Zoh alo noch iung mit irem Liephaber, einem gelerten

Mann, gen Athenas. Alda wardt sie in der Schrift also
hochgelert, dass sie in Rom wenig gleiche in der heiligen
Schrift hat. Nw erlangte sie mit lesen und scharpfen dispu-
tieren im Schein eines Mans under der Verborgenheit ihrer
Weiblichkeit in Rom solche Gutwilligkeit und Glaubwür-
digkeit, dass sie nach Absterben Babst Leonis an seiner
stat allmenigliches Willen zum Babst erkoren war.

In Japan erzählt keine aufregende Geschichte von
Frauen, die wie Männer agieren. Es gibt sie in der
Realität. Schon seit hunderten von Jahren beweisen
sie, dass sie als Tiefseetaucherinnen erfolgreicher
als Männer sind. Körperlich begünstigt mit mehr
Fett unter der Haut und elastischerem Bindegewe-
be. Kälte auszuhalten und wechselnden Wasser-
druck. Aber mehr als körperliche Fitness zeichnet
sie aus: Energie und Durchhaltervermögen. Tau-
chen am Tag vor ihrer Entbindung. Noch mit 80
Jahren länger als drei Minuten unter Wasser. Nur
eine primitive Maske vor dem Gesicht. Neoprene-
Anzug, Haube und Flossen an den Füßen. Ein
Hackmesser in der Hand, seltene Meerestiere vom
felsigen Boden zu trennen und in einem Netz zu
sammeln. «Ama» nennt man sie. Im ganzen Land
verehrt als Umweltschützer. Beliebt ihre seltenen
Muscheln, Krebse und Meeresschnecken. Männer
steuern nur die Boote und verkaufen die Ernte.

Zeugen Töchter, die ihren Müttern folgen. Wo gibt es das noch?

Heute werden Frauen in fantasiereiche Rollen gedrängt, die mit der Wirklichkeit nur am Rande zu tun haben. In Gangsterfilmen, ausgeflippten Familien-Serien. Auseinanderkrachenden Beziehungen. Mit weiblichen Reizen Mitwirkende und Zuschauer aufzugeilen. Spannend zu machen, Geld zu verdienen. Bosse ihre Macht behalten. Zerrbilder, an denen sich Kinder orientieren, sie als Vorbilder für ihr eigenes Leben erleben. Der Einfluss der Medien ist kaum zu dämmen. Schon kleinen Kindern zugänglich gemacht, ohne die Folgen zu bedenken.

Im Alltag erleben Kinder ihre Eltern anders als in Filmen. Vater und Mutter zuhause. So, wie sie sind, aussehen, sich benehmen und Stellung beziehen zu dem, was passiert. Wie sollen sie mit dieser Diskrepanz fertig werden? Unreif wie sie noch sind. Wie sollen sie ein normales Bild von Frau und Mann bekommen? Jeder mit ihren von der Natur mitgegebenen Eigenschaften. Frau und Mann, die sie selber einmal sein werden.

Beide körperlich und charakterlich verschieden. Äußern sich anders zum selben Thema. Einigen sich in einem Kompromiss, die einen. Andere streiten und ziehen ihre Konsequenzen. Vater verlässt das Haus, wohnt bei der Freundin. Mutter bleibt bei ihren Kindern. Die aber merken sofort, einer fehlt. Egal wie er war, dick oder doof, lieb oder ungerecht. Papa fehlt. Kinder erfahren ein solches zuhause als Realität. Papa ein Egoist. Mama allein gelassen, bemüht, den Papa zu ersetzen. Was nicht gelingen kann. Hilflos die Frau und ihre Kinder. Was soll aus ihnen werden, wenn sie erwachsen sind? Heiraten oder besser nicht?

Andere in Familien, die auch verschiedene Meinungen nicht auseinanderdividiert. Streit schnell beigelegt. Liebe und gegenseitigen Respekt registrieren Kinder sofort. Nicht nur am eigenen Leib. Das Verhalten der Eltern prägt ihr Rollenbild von Mann und Frau für 's Leben. Ziehen erst später Konsequenzen. Wenn sie reifer geworden, sich ihrer Individualität bewusst werden. Auch wenn es noch vage Vorstellungen sind und nicht konkret. Vater und Mutter bleiben ihre Vorbilder.

Bei anderen führen verschiedene Meinung und anderes Verhalten, Ignoranz und Egoismus zu Auseinandersetzung und Scheidung. Streit und Türenknallen. Schlechte Laune und Verbote. Schweigestunden, ja Tage. Man muss sich nicht wundern, wenn ihre Kinder es machen wie sie. Schreien oder schweigen, sich aus Angst verkriechen. Oder lauthals opponieren und ausziehen. Nicht ahnend, dass es der Anfang vom Ende ist. Nichts oder alles ist erlaubt. Kinder wachsen auf mit Vorbildern, die keine sind. Der Vater ein Egoist. Die Mutter hilflos und traurig. Kinder einer unsicheren Zukunft ausgeliefert. Bei einem von beiden oder abwechselnd bei ihm oder ihr zuhause. Das aber ist kein Zuhause, das sie sich wünschen. Das sie brauchen, um von Vorbildern zu lernen, was Erwachsensein bedeutet.

Wie sollen sonst Heranwachsende ein reales Bild von der Wirklichkeit bekommen? Eltern beeinflussen das Erwachsenwerden stärker als alle sogenannten Vorbilder in virtuellen Spielräumen. Visuell und haptisch erlebt und internalisiert. Das Bild vom Vater, einem verlässlichen Mann. Das Bild ihrer Mutter, einer fürsorglichen Frau. Die sie bald selber sein werden. Ihre Vorstellungen von Mann oder Frau werden anfangs denen ihrer Väter, ihrer Mütter gleichen. Sich danach solange orientieren, bis ihr eigenes Ego stark genug, sich durchzusetzen. Was aber dann? Machen sie es wie ihre Eltern?

Die einen ja, weil sie eine glückliche Kindheit hatten. Andere enttäuscht, nehmen sich vor, alles besser zu machen. Kindern Grenzen setzen, weil sie lernen müssen, Rücksicht zu nehmen. Andere erlauben ihnen alles. Hoffen, sie werden sich schon die Hörner abstoßen. Aufsässige trennen sich vom Elternhaus von jetzt auf gleich. Und schließen sich Gleichgesinnten an. Nicht selten verlieren Eltern solche Kinder ganz aus den Augen. Fragen sich: was haben wir falsch gemacht? Dass es zu spät ist, merken sie nicht. Die Früchte ihrer Erziehung sich ständig ändernden Moden ausgeliefert. Was ist noch Frau und was noch Mann, so wie es in der Bibel steht?

Oder hat Darwin Recht, wenn er behauptet, nur das stärkere setzt sich a la long durch. Mensch, Tier und die Natur, Baum, Strauch und Gemüse, Kraut oder Unkraut. Der edle Mensch, von dem «Johann Wolfgang von Goethe» sprach. Einer der Sprach-Giganten, die alles Menschliche in gültigen Versen formulierten.

Die Meinung anderer zum Thema

Drei Männer und eine Frau, deren Gedanken über Mann und Frau ihren spezifischen Ausdruck finden. Goethe poetisch. Zwei Männer verkünden subjektive Weltanschauungen. Die Frau allein kritisiert falsch verstandenen Feminismus.

Johann Wolfgang von Goethe:

Alles Vergängliche ist nur ein Gleichnis – das Unzulängliche hier wird's Ereignis – das Unbeschreibliche hier ist's getan – das ewig Weibliche zieht uns hinan.

Mit diesen Worten Fausts endet Goethes Drama. Seine Seele befreit und nicht, wie anfangs befürchtet, Mephisto, dem Teufel verfallen. Doch was hat es mit ewig Weiblichem zu tun? Fragt sich jeder, der Goethe nicht durchschaut. Rätselt, ist es die ewige Liebe? Zwischen «Philemon» und «Baucis im zweiten Teil seines Faust? Dem Libido herausfordernden weiblichen Körper, dem er bei Gretchen erlegen? Das Mystische, das von Frauen ausgeht? Von Männern nie verstanden. Goethe zieht 1783 die Quintessenz allen Menschseins in seinem Gedicht:

«Das Göttliche»

Edel sei der Mensch, hilfreich und gut. Denn das allein unterscheidet ihn von allen Wesen,. die wir kennen.

Heil den unbekannten höhern Wesen, die wir ahnen. Ihnen gleiche der Mensch! Sein Beispiel lehr uns jene glauben.

Denn unfühlend ist die Natur. Es leuchtet die Sonne über Böse und Gute. Und dem Verbrecher glänzen wie dem Besten der Mond und alle Sterne.
Wind und Ströme, Donner und Hagel rauschen ihren Weg und ergreifen vorübergehend einen um den anderen.

Auch das Glück tappt unter die Menge, fasst bald des Knaben lockige Unschuld, bald auch den kahlen, schuldigen Scheitel.

Nach ewigen, ehernen, großen Gesetzen müssen wir alle unseres Daseins Kreise vollenden.

Nur allein der Mensch vermag das Unmögliche – er unterscheidet, wäget und richtet – er kann dem Augenblick Dauer verleihen –

Er allein darf den Guten lohnen – den Bösen strafen – heilen und retten alles Irrende, Schweifende nützlich verbinden –

Und wir verehren die Unsterblichen, als wären sie Menschen. Täten im Großen, was der Beste im Kleinen tut oder möchte –

Der edle Mensch sei hilfreich und gut. Unermüdlich schaff er das Nützliche, Rechte, sei uns ein Vorbild jener geahnten Wesen.

Karl von Benzel Sternau, Staatsmann und Schriftsteller sah sich 1803 bemüßigt, einen Freund aufzuklären:

Schmollen ist eigentlich das Aufprotzen weiblicher Artillerie. Wer öfter beschossen wurde, sieht sich geneigt, die weiße Fahne zu hissen.

Ludwig Feuerbach, Philosoph und Anthropologe bestätigte 1848 auf einer Vorlesung, Mann und Frau werden Persönlichkeiten erst, wenn sie typisch männliche oder weibliche Eigenschaften erkennen lassen:

Das Wesen des Mannes ist die Männlichkeit. Die des Weibes die Weiblichkeit. Ist der Mann noch so geistig oder hyperphysisch, er bleibt ein Mann. Und ebenso das Weib. Persönlichkeit ist nichts ohne den Unterschied der Geschlechter.

Karl Wilhelm Friedrich Schlegel, Philosoph und Historiker versuchte 1793, beide, Frau und Mann, im Idealzustand zu beschreiben:

Nur selbstständige Weiblichkeit und sanfte Männlichkeit ist gut und schön.

Katharina Rutschky, Publizistin bestreitet 1997 einen Fortschritt in der Frauenfrage:

Dem Feminismus ist es nicht gelungen, eine originelle Form der Weiblichkeit zu entwickeln. Echte Lust an der Freiheit zu leben. Stattdessen klammert sie sich wie eh und je an das Feindbild vom bösen Mann.

Alles nur Theater?

Der Entwurf eines Theaterstückes will nichts anderes, als zum Nachdenken anregen. Die Wirklichkeit mit Absicht überzogen, karikiert. Auch wenn es manchem drastisch überzogen erscheint. Karikaturen lassen schmunzeln, wecken aber auch Neugier. Motivieren, Stellung zu nehmen, nachzudenken. Über ein Verhältnis von Mann und Frau, das beiden gerecht wird. Um die für ihn richtige Konsequenz zu ziehen:

Bühnenbild (Projektionen Michelangelos David – siehe Umschlagfoto und Frauen auf diversen Bildern der Kunstgeschichte. Mal Mann, mal Frau die Oberhand.

1. **Akt.** Alltag im Zeitschriftenverlag. Die Sekretärinnen von Chef, Vertriebsleiter und Chefbuchhalter haben eine Idee: sie wollen mehr Frauen in oberen Kadern durchsetzen. Ihre Chefs verführen. Um sie von sich abhängig zu machen. Jeden Gefallen tun, um sie nicht zu verlieren. Ihnen im Top-Management einen Job geben. Aber auch andere Frauen an Stelle von Männern einstellen. Und sie wie Männer zu bezahlen.

2. Akt. Privatwohnung des Chefs. 25stes Ehejubiläum. Gäste am Tisch beim Essen. Unter anderem ein Theologe, ein Jurist, ein Anthropologe. Sorgen für eine lebhafte Diskussion: Hat die Bibel recht und Adam den Anspruch auf Vorherrschaft, weil er der erste war? Oder sind Mann und Frau gleichberechtigt? Sollen wir dem allgemeinen Trend folgen, 50% der Kader mit Frauen zu besetzen? Chef denkt: Ich könnte z. B. meine Sekretärin zum Personalvorstand befördern. Sie wird mir dankbar sein und endlich ihre Beine breit machen. Verplappert sich, Ehefrau verweigert sich ihrem Mann. Zum ersten Mal nach 25 Jahren. Der jetzt lüsterner noch auf die neue, die jüngere Frau.

3. Akt. Annäherungsversuche der Sekretärinnen. Der Buchhalter merkt es nicht, auf Zahlen konzentriert. Er darf keinen Fehler machen. Der Personalleiter lässt sich darauf ein, zuckt aber zurück, als sie zupackt, seinen Hosenlatz öffnet. Nur der Chef geht darauf ein und engagiert sie als Beraterin in Sachen Personal.

4. Akt. Die, jetzt selbstbewusst, will Kapital daraus schlagen, Fordert einen Porsche, ein Appartement und das doppelte Gehalt ihrer Vorgängerin. Chef weigert sich, kündigt ihr. Sie erbost, sinnt auf Rache. Da kommt ihr die #MeToo Bewegung zupass. Organisiert eine Demo, Tausende Frauen schließen sich an auf Twitter, Facebook und Instagram. Ein Gericht wird eingeschaltet.

5. Akt. Gerichtsverhandlung. Zeugenvernehmung. Verteidiger ein Paragraphen verpflichteter Jurist. Sachverständiger ein Kunsthistoriker. Mit Bildern der Kunstgeschichte beweist er, dass Frauen es sind, die Männer attackieren und nicht umgekehrt. Auf raffiniertere Art als Männer dazu in der Lage sind. Klage abgelehnt, weil die Frauen Männer provoziert hatten, um sie dann auszunutzen.

6. Akt. Gesprächsrunde mit Männern und Frauen. Diskutieren über die Gerichtsverhandlung. Argumentieren, Klarheit in Sachen Mann und Frau zu bringen. Hilft die #MeToo Bewegung? Frauen ein Appartement kaufen, um sie ruhig zu stellen? Gleichberechtigung für Frauen per Gesetz durchsetzen mit hohem Bußgeld für Verweigerer?

Die Meinung ausgewiesener Experten ihres Fachs:

Anthropologe:
Die Natur von Männern und Frauen kann unterschiedlicher nicht sein. Es ist nun mal so, Reste der Evolution treiben den Mann an zu jagen. Auf weibliche Reize zu reagieren wie auf eine Beute – ob er will oder nicht.

Theologe:
Gott hat es in seine Gene gelegt, um das Überleben der Menschheit zu sichern.

Kunsthistoriker:
Frau provoziert durch ihre Weiblichkeit. Mit Busen, Po und Figur seit Eva im Paradies. Steilvorlagen für Künstler. Maler, Bildhauer und Fotografen. Phidias, Picasso, Newton. Millionen, die Selfies schießen und weltweit verbreiten über Facebook.

Frau:
Frau erduldet Eskapaden des Liebhabers. Quält sich, ein Kind zur Welt zu bringen, es aufzuziehen. Nicht selten allein. Sie ist sich ihrer Stärke bewusst. Erkennt – nüchterner als der Mann ihre Chancen. Heiratet ihn. Oder prozessiert gegen den, der sie gejagt, um Beute zu machen. Und lässt sich wieder scheiden. Mit hoher Abfindung. Selbstredend.

<u>Unentschieden?</u>

Weil jeder aus seinem Blickwinkel Recht zu haben scheint. Scheint, relativ nicht absolut.

Resümé

Das Verhalten von Mann und Frau basiert im Wesentlichen auf der Vorstellung von Religionen. Überall auf der Welt. Weltanschauungen, in denen Götter und ihre Vertreter auf Erden männlich sind. Christentum und Islam die größten. Mit vier Milliarden Mitgliedern fast die Hälfte aller Erdenbewohner. Bis heute bestimmt eine männliche Elite über Glaubensfragen und gesellschaftliche Normen. Beruft sich auf Gott oder Allah. In Gottes-Staaten sanktioniert. Zuwiderhandlungen bestraft mit Züchtigung, Gefängnis oder Tod. Auch in Europa war bis ins 19. Jahrhundert Kirchenrecht Grundlage staatlicher Rechtsprechung. Die Kirche in Russland unter Putin wieder toleriert, in China unterdrückt. Die Partei als ihr Gott dominiert alles.

Ein weiterer wichtiger Aspekt: Christentum und Islam entstanden im Orient. Einer Weltgegend, in der seit Anbeginn das Patriarchat seinen Ursprung hat. Frauen heute noch Menschen zweiter Klasse. Arbeitstier und Lustobjekt. Islamisten Täter auch in anderen Staaten. In Somalia haben 98 % aller Frauen zwischen 15 und 48 Jahren keine Klitoris mehr. Einfach rausgeschnitten. Lust beim Sex sollten sie nicht haben, nur den Männern vorbehalten.

Auf diesem Hintergrund scheint es schier un-
glaublich, dass in fast allen patriarchalisch geführten Staaten seit eh und je Geschichten über eine
Frau erzählt werden. «Scheherazade», die Tochter
des Wesirs hatte sich in den Kopf gesetzt, den
obersten aller Männer, ihren König zu heiraten.
Lässt sich einladen und erzählt ihm eine Geschichte, die kein Ende zu nehmen scheint. Der König so
gefesselt, dass er unbedingt wissen will, wie es weiter geht. Dabei total vergisst, Scheherazade wie
frühere Bewerberinnen dem Henker zu übergeben.
Er heiratet sie, um das Ende der Geschichte zu
erfahren. «Tausend und eine Nacht» inzwischen
Weltliteratur. Erzähler haben in Orient nach wie
vor Konjunktur, trotz Smartphon, Scipe und Fernsehen. «Tausend und eine Nacht» eine von vielen.
Erzählungen, an deren Wahrheitsgehalt zu glauben
jedem überlassen ist.

Die christliche Botschaft auch eine dieser Erzählungen aus dem Orient. Geteilt in «Altes und Neues Testament». Dessen Authentizität nur in Teilen
wissenschaftlich nachgewiesen wurde. Nach wie
vor eine Sache des Glaubens. Der christliche bestimmt aber bis heute den Lauf der europäischen
Geschichte. Mit Gott, einem Mann und Jesus, seinem Sohn. Petrus und seinen Nachfolgern, den

Päpsten. Männer, die sich auf den einzig wahren Gott berufen. Maria zitieren, die Mutter Jesus', weil es ohne eine Mutter keine Söhne geben kann. Ohne Eva keine Nachfahren, die Erde zu bevölkern. Maria wird als Gottesmutter verehrt. Eva zu unserem Glück als Verführerin abgestempelt. Sonst gäbe es uns nicht.

Adam an die Seite gestellt, Kinder zu gebären. Der hatte großes Vergnügen, sie zu zeugen. Aber auch ein Problem, Eva als Frau ernst zu nehmen. Weil Gott sie nicht wie ihn aus dem Nichts erschaffen, wie er annahm. Sondern aus einer seiner Rippen. Einem Teil, das zuvor ihm gehörte. Und demzufolge immer noch gehört. Um nach Belieben darüber zu verfügen.

Auch wenn viele Männer heute die biblische Version nicht mehr kennen. Und wenn, darauf pfeifen. Aber scheinbar unbewusst bestimmt sie nach wie vor ihr Verhalten. Im Kopf: Nicht Sein, sondern haben. Frauen ihr Eigentum, mit denen sie machen können, was sie wollen. Über Jahrtausende haben Männer Frauen gestreichelt, geliebt, des Lustgewinns wegen. Und um ihresgleichen zu reproduzierten. Aber auch benutzt. Geschlagen, eingesperrt und umgebracht, wenn ihr Ego es verlangte.

Selbst heute noch, in aufgeklärten Zeiten, nimmt die Zahl häuslicher Gewalt zu. Die Meinung darüber disparat. Einer aktuellen Umfrage zufolge halten 30% der Männer es für gerechtfertigt, ihre Frau zu schlagen. Und - man lese und staune - 20% der Frauen ebenso. Es beweist, dass Frauen sich immer noch als Eigentum ihres Mannes betrachten. Ihm nachsehen, wenn er sie schlägt. Sehen bei sich die Schuld, er könnte ja Recht haben, sie zu strafen.

In der basisdemokratischen Schweiz wird alle zwei Wochen eine Frau von ihrem Mann oder Partner ermordet. In Deutschland jeden dritten Tag. Frauen von Immigranten eingerechnet. Die geltende Rechtsprechung müsste dringend diesem Tatbestand angepasst werden. Der Staat bei Verdachtsfällen in die Privatsphäre eingreifen, auch wenn sie laut Grundgesetz vor fremdem Eingriff geschützt ist. Beweise zu haben, solche Männer zu verurteilen. Zurzeit scheuen sich Gerichte, sie hart zu bestrafen. Berücksichtigen Verhältnisse und psychische Verfassung der Täter und fällen viel zu oft ein mildes Urteil.

Es könnte helfen, wenn wir uns von der Bibel als Realität verabschieden. Sie ist und bleibt eine Erzählung und kein Tatbestand. Allenfalls Vorlage für ein Gott gefälliges Leben. Soll glauben, wer will.

Aber alleiniger Maßstab für das Verhalten von Menschen darf sie nicht sein, solange Männer sich bewusst oder intuitiv darauf berufen, dass Mann in dieser Bibel nicht nur der erste Mensch war. Männliche Nachfahren auch führende Rollen innehatten. Wissen nicht oder leugnen, die Bibel ist wie jedes Zeugnis der Zeit geschuldet, in der sie entstand. Und dem Selbst-Verständnis orientalischer Männer, die sie schrieben.

Heute bestreitet niemand mehr, dass Mann und Frau zwar biologisch und sensorisch verschieden, aber als Menschen gleichwertig sind. Egal, wer Anno Tobak der erste Mensch war. Leider bis heute in der Kirchengeschichte nicht eindeutig definiert. Frauen haben wie Männer das Recht, sie selbst zu sein. Auch die Bibel bestätigt es symbolisch: Gott schuf Eva aus einer Rippe Adams, Hebräisch Seite. Will sagen aus einem Material, das dem im Körper des Originals absolut gleicht. Frau folglich ein Mensch wie er. Wie aus Same des Mannes und Ei der Frau, also aus Teilen zweier Menschen ein neuer Mensch entsteht. Mehr noch: Frau ist notwendige Alternative, ausgleichende Balance. Ergänzen sollten sie sich und nicht einander übervorteilen.

Jeder Mann und jede Frau weiß, sie sind von Natur aus unterschiedlich. Äußerlich und innerlich, erkennbar an Körperbau und Psyche. Beide erfahren im Laufe eines gemeinsamen Lebens, dass sich aus ihrem Anderssein unterschiedliche Konsequenzen ergeben können. Auch zu Streit führen, zu Trennung und Mord. Jeder von ihnen hat einen inneren Kompass, nach dem er denkt und handelt.

Nervenzellen im Gehirn sind es, die Denken und Handeln steuern. Nicht Wille oder Unwille. Nicht Gott oder ein Schutzengel. Auch nicht allein das, was in Bibel oder Katechismus empfohlen oder vorgeschrieben wird. Menschen lernen, Gut und Böse an ihren Folgen zu unterscheiden. Weil alles, was uns betrifft, im unserem Gehirn gespeichert ist.

Das menschliche Gehirn, eine graue, wabbelige Masse, aber hocheffizient. Abermilliarden Nervenzellen, Neuronen genannt, sind ständig aktiv. Registrieren alles in uns und um uns herum. Bewertet, ob es zu uns passt oder nicht. Wenn ja, wird es in einer der Zellen gespeichert. Neurowissenschaftler nennen es «Wertekanon». Maßstab und Impuls für unser Verhalten in der Gesellschaft. Alle Eindrücke von außen und eigene Befindlichkeiten bestimmende Grundlage für das Denken und Handeln von Mann und Frau.

Dinge, die wir gelernt und beherrschen, motivieren uns, entsprechend zu handeln. Ebenso angenehme Gefühle, anerkannt werden, geliebt, Urlaub, ein gelungenes Abendessen. Fremdes, unbekanntes lässt uns zögern. Vermeiden, Entscheidungen zu treffen. Wenn doch, bringt es nicht den gewünschten Erfolg. Es ist schon so, Gedanken und Emotionen bestimmen unser Handeln. Auch wenn wir uns dessen nicht immer bewusst sind. Das Gehirn des Menschen ist im Vergleich zu künstlicher Intelligenz universell. Verarbeitet alle Einflüsse, einschließlich derer, die noch kommen. Denken und Handeln zu beeinflussen. Den Wertekanon eingeschlossen.

Laut Neurowissenschaft ist der Wertekanon unentbehrlich. Maßstab und Richtschnur für praktisches und ethisch verantwortliches Verhalten. Wissen und Gefühle gespeichert, die unser Verhalten bestätigen oder korrigieren. Wenn neue Erkenntnisse oder Eindrücke zu diesem Kanon passen. Wechselnde Bedeutungen im Laufe des Lebens automatisch ausgetauscht. Glaube gegen Zweifel. Klassische gegen Popmusik. Bilder von Rafael gegen solche von Picasso. Frikadellen gegen Boef-Stroganoff. Junge, appetitliche Mädchen gegen weise, alte Männer. Oder jeweils umgekehrt. Ebenso Gefühle, Befindlichkeiten des Körpers registriert. Sie beeinflussen Denken und Handeln mehr als äußere Faktoren. Schmerzen, Sehnsucht, Sodbrennen, Tinitus oder ständiger Juckreiz wirken negativ. Wohlbefinden nach einem leckeren Essen, Liebesfilm oder ein Abend zu zweit. Erfolgreich das letzte Unternehmen. Nach positiver Bilanz geht alles leichter.

Im Grunde ändern sich Vorliebe und Abneigung, Gottes- und Menschenbild ständig im Laufe unseres Lebens. Angeregt durch neue Erfahrungen und Erkenntnisse. Das Wechselbad der Gefühle kennt jeder. Alles stimuliert Denken und Tun. Bei Männern und Frauen. Ob in biblischen Zeiten, Mittelalter, Jugendstil oder heute. Auch die in diesem Buch zitierten Personen und Ereignisse im Alten und Neuen Testament sind ein realistisches Spiegelbild menschlichen Verhaltens. Bestimmt vom Werte-Kanon. In biblischen Zeiten wie heute.

Wir als vernunftbegabte Wesen und Teilhaber an neuesten wissenschaftlichen Erkenntnissen haben jetzt im Gegensatz zu früher einen großen Vorteil. Wissen, was unser Denken und Handeln beeinflusst. Der Kanon bei Männern und Frauen anders tickt. Unterscheidet sich nicht nur in vielen Bereichen, kann auch zu divergierenden Konsequenzen führen. Denken Sie an den «Nucleus praeopticus medialis» beim Mann und seine Folgen. Seit sie wissen, was sie treibt, können auch Männer es steuern. Beginnen, sorgsamer, bedenklicher zu operieren. Eine einmalige Chance, das derzeitige Dilemma zu entspannen.

Chance für beide, Mann und Frau, edel, hilfreich und gut zu sein. Um Goethe zu zitieren. Nicht von Mann zu Frau oder umgekehrt. Sondern von Mensch zu Mensch. Laut Aristoteles, dem antiken Philosophen, ist das Gute im Menschen immanent. Dies sich immer wieder klar zu machen helfe, Gutes zu tun.

Noch eine Erkenntnis kann helfen: In freien Demokratien garantiert eine ausgeglichene Balance zwischen Konflikt und Konsens, allen Beteiligten gerecht zu werden. In Unternehmen, kooperativ zu arbeiten und erreichbare Ergebnisse zu erzielen.

Auch einer Ehe, einer Partnerschaft hilft eine solche Balance. Stetes Bemühen, einen Mittelweg zu finden, befriedigt auf Dauer mehr als einseitig das Ego durchzusetzen. Harmonie ist Dauer, nicht nur ein Wort, das flüchtig ist wie alle Worte. Spätestens, wenn Frau und Mann nach einem solchen Leben begraben werden. Endlich auch physisch vereint in der Familiengruft zur Ruhe gekommen.

Von Kindern beweint eine Zeit. Von anderen

bedauert. Ihre Macht oder Ohnmacht nur noch erinnert. Ob Mann und Frau im Himmel dann endlich in ewiger Harmonie vereint, wissen nur sie selbst. Hinterbliebenen bleibt nur, es zu glauben.

Über den Autor

Otto W. Bringer, 89, vielseitig be-
gabter Autor. Malt, bildhauert, foto-
grafiert, spielt Klavier und schreibt,
schreibt. War im Brotberuf Inhaber
einer Agentur für Kommunikation.
Dozierte an der Akademie für Mar-
keting-Kommunikation in Köln.
Freie Stunden genutzt, das Leben in Verse zu gießen.
Mit 80 pensioniert und begonnen Prosa zu schreiben.
Sein Schreibstil ist narrativ, "ich erzähle" sagt er. Seine Themen sind die Liebe, alles Schöne dieser Welt.
Aber auch der Tod seiner Frau. Bruderkrieg in Paläs-
tina. Werteverfall in der Gesellschaft. Die Vergäng-
lichkeit aller Dinge, die wir lieben. Die zwei Seelen in
seiner Brust.

Weitere Bücher von Otto W. Bringer

"ROSE LEBT": Wieder auferstanden in diesem Buch. Lebendig in Bildern und Liebesbriefen an die Verstorbene.
Taschenbuch mit 230 Seiten und 15 Fotos

"MALLORCA mit allen Sinnen": Land und Leute kennen und lieben gelernt. Das Meer, die Buchten, in Finkas gewohnt und in Nobelhotels. Mit Einheimischen gefeiert.
Taschenbuch mit 212 Seiten und 21 Fotos, auch als ebook lieferbar

"ITALIEN mit allen Sinnen": Die Wiege abendländischer Kultur. Ziel ihrer Sehnsucht, Menschen kennenzulernen. Zu sehen, zu erleben, was Kunst ist. Einschließlich kulinarischer Genüsse.
Taschenbuch mit 242 Seiten und 21 Fotos, auch als ebook lieferbar

"FRANKREICH mit allen Sinnen": Nachbarland, in dem Geschichte lebendig ist. In römischen Theatern, Klöstern und Königsschlössern. Kultur eingeatmet, Geschichte hautnah erlebt. Sterneküche und Bistros genossen.

Taschenbuch mit 220 Seiten und 30 Fotos, auch als ebook lieferbar

"ZUHAUSE – Wo?" Autobiographie, eine lange, detailreiche Geschichte. Mit Niederlagen und Siegen. Überraschenden Höhepunkten und geplanten Erfolgen. Liebe und Tod die Eckpunkte allen Geschehens.

Taschenbuch mit 443 Seiten

"GESICHTER das Rätsel hinter den Fassaden" Alles hat ein Gesicht. Essays über Pharaos Goldmaske, Jesus von Nazareth, Karl der Große, Goethe, Adenauer, Marilyn Monroe u.a. Ein Hund, Landschaft, Städte und der Autor selbst im Spiegel. Findet er des Rätsels Lösung?

Taschenbuch mit 250 Seiten und 18 Abb., auch als ebook lieferbar

"AUGE um AUGE": Roman über den Konflikt zwischen Juden und Palästinensern. Politische und gesellschaftliche Probleme. Ein Mann und zwei Frauen darin verwickelt. Eine von ihnen ist Jüdin. Engagiert mit ihrem Freund für Versöhnung. Sie lernen sich kennen und das Drama nimmt seinen Verlauf. Tote auf allen Seiten. Ein Mann, eine Frau bleiben und ein dreijähriges Kind.
Taschenbuch und Hardcover mit 286 Seiten, auch als ebook lieferbar

"PORCUS – das charakterlose Schwein" Fast ein Krimi. Lebenslauf von Gymnasiasten, die sich mit lateinischem Namen ansprechen. Porcus einer, der sie verpetzte, als sie in der Pause mit Mädchen schmusten. Später versuchte er einen von ihnen zu töten. Was ihm nach vielen schlimmen Ereignissen zum Schluss auch gelang. Weil er einen schlechten Charakter hatte?
Taschenbuch und Hardcover, 224 Seiten, auch als ebook lieferbar

"Das Rätsel Frau" – aus der Sicht des Mannes. Weil sie anders ist. Nicht nur anders aussieht, sondern vor allem anders denkt, fühlt, reagiert und entscheidet.

Taschenbuch und Hardcover mit 144 Seiten, auch als ebook lieferbar

"Fräulein QUAKIS Versuche ein Mensch zu werden". Geschichte einer Freundschaft zwischen einem kleinen Mädchen und einem Froschfräulein. Was so hoffnungsvoll begann, endet in einem Desaster. Alle Versuche Deutsch zu lernen scheitern. Wundermittel, Wallfahrten und Gentransplantion bleiben erfolglos. Sie bleibt ein Frosch. Und endet nicht wie der Frosch in Grimms Märchen. Taschenbuch und Hardcover mit 104 Seiten, auch als ebook lieferbar

"Adieu – Nichts bleibt ..."

Jeder weiß, dass Abschiednehmen zum Leben gehört. Sich trennen müssen von dem, was wir lieben, gewohnt sind. Wir verdrängen den Gedanken daran, aber es hilft uns nicht. Leben heißt sich verändern. Kommen und gehen wie Frühling, Sommer, Herbst und Winter. Wachsen und reifen und sterben. Sonst wäre es nicht lebendig, sondern tot.

In 38 Kurzgeschichten erzählt der Autor, wie er selbst und viele andere dieses ständige Abschiednehmen erlebten. Besser gesagt überlebten. Jedes Mal tieftraurig danach, gefasst oder reifer geworden in Einsicht und Charakter. Entschlossen Neues zu beginnen oder es hinzunehmen wie ein unvermeidliches Schicksal.

Taschenbuch und Hardcover, 187 Seiten, auch als ebook lieferbar

"Mann Gottes" Der Mann Theologe und Dozent an einer katholischen Akademie. Die Frau heimgekehrte Russlanddeutsche, verheiratet. Sie verlieben sich, begehren einander. Probleme bleiben nicht aus. Innere Zweifel, äußere Zwänge führen zu einem Fiasko.

Taschenbuch und Hardcover, 224 Seiten, auch als ebook lieferbar

"Ich bin nicht der ich bin" Wer bin ich? Die Frage treibt den Autor um. Denkt und denkt und kommt nach vielen gedanklichen Pirouetten zur Erkenntnis: ich bin ein Mensch wie andere. Mal so, mal so. Wechselhaft wie das Wetter.

Taschenbuch und Hardcover, 83 Seiten, auch als ebook lieferbar

„Das Haar in der Apokalypse" Die aufregende Geschichte von einem Haar aus der Wolle eines provençalischen Schafes, im 14. Jahrhundert zu Garn gesponnen, zum Gewand des Apostels Johannes und Gottvaters geknüpft. In fantastischen Bildern der Apokalypse, den Endzeitgesängen des Johannes, auf riesengroßen Teppichen nebeneinander gehängt in einer Länge von über 100 Metern.

Ein ausdrucksvoll eindringliches Spektakel mittelalterlicher Vorstellungen vom Ende der Welt - und einem Haar, das nicht sterben wird, solange die Teppiche im Schloss von Angers an der Loire hängen.

Taschenbuch und Hardcover mit 136 Seiten. Auch als ebook lieferbar.

„ALTER EGO – das andere Ich" Das Leben eines Mannes, der zweihundert werden will. Unterwegs zu den fantastischsten Abenteuern. Alltags in Freiburg, im Universum auf den Flügeln seiner Fantasie. Und bei sich selbst. Herauszufinden, wer er ist. Liebt, malt, spielt Klavier, kocht. Ein Mensch mit mehr als zwei Identitäten? Alle in einer Person? Mehr als Gott in drei. Höchst spannend, seiner Vita zu folgen. Der Auferstehung seiner toten Rose.

Taschenbuch und Hardcover mit 384 Seiten. Auch als ebook lieferbar.

„Das Experiment" Parabel könnte man dieses Buch nennen. Philippe Emmanuel Escargot ist klein von Gestalt. Hoch begabt, träumt, der Größte zu werden. Die Idee Im Kopf, Häuser für Menschen zu bauen, die wie Schneckenhäuser aussehen und funktionieren. Zuhause sein und unterwegs gleichzeitig. Studiert Architektur, experimentiert, verliebt sich. Scheitert, beginnt wieder von Neuem. Er will mit seiner Freundin im Schneckenhaus wohnen. Das Experiment gelingt, wie es den Anschein hat.

Taschenbuch und Hardcover mit 244 Seiten. Auch als ebook lieferbar.

In der modernen Welt wird es für das Individuum zunehmend schwieriger, sich gegen Visionen von Größe bei Politikern zu behaupten und Moden aller Art, die laufend wechseln. Globalisierung und Digitalisierung nehmen zu, in bisher unvorstellbarem Tempo, gefährden Arbeitsplätze, verwischen Maßstäbe. Groß muss alles sein, um mehr Macht zu haben. Der Einzelne scheint wehrlos. Die Gefahr, sich selbst zu verlieren, ist groß – Selbstbestimmung nur noch ein Wunschbild? Beispiele in diesem Buch zeigen, dass es geht, wenn der Mensch seine Ansprüche reduziert und ein bisschen Mut aufbringt der zu sein, der er ist.

Taschenbuch und Hardcover mit 228 Seiten. Auch als ebook lieferbar.

Friedrich II., Kaiser des Heiligen Römischen Reiches — der mächtigste und fortschrittlichste Potentat seiner Zeit wird aller Ämter beraubt. Was macht ein Mann, den die Kirche entmachtete? Der als Erster ein Gesetz zur Reinhaltung der Luft erließ? Der Fremde in sein Land holte, um es zu bereichern? Der Universitäten gründete, Bücher schrieb und Frauen nicht nur liebte, um Nachfolger zu haben?

Taschenbuch und Hardcover mit 400 Seiten. Auch als ebook lieferbar.

Nichts bewegt Menschen so sehr wie Sterben und Tod. Die Angst vor dem endgültigen Aus besteht zwar meist unbewusst, treibt uns aber an und motiviert uns, am Leben zu hängen, es zu lieben - mit allen Fasern unseres Seins.

Dieses Buch definiert Gründe für die Angst vor dem Tod, ebenso die Tricks, ihm auszuweichen, ihn zu ignorieren sowie die Rolle der Religionen dabei - vom sogenannt »finsteren Mittelalter« bis in die aufgeklärte Gegenwart.

Wer es aufmerksam liest, entdeckt hinter allem Positives. Das Buch ist eine Aufklärungsschrift über die Macht des Todes, aber ebenso eine einzige Hymne an das Leben. Die Bekenntnisse des Autors: Liebeserklärungen eines Optimisten.

Taschenbuch und Hardcover mit 356 Seiten. Auch als ebook lieferbar.

In diesem Buch hat ein Poet sich inspirieren lassen, Obst und Gemüse auf seine Weise gesehen und interpretiert – anders als Markt, Supermarkt und Biologen es definieren. Formen verändern sich und bleiben, was sie sind. Farbe zeigt Wechselwirkungen. Alltägliches kommt auf neue Gedanken, träumt Schönes, wird Bild und Vers.

108 Seiten, auch als E-Book lieferbar.

Gläser, Schalen, Krüge aus flüssigem Kalk-Natron – geblasene gläserne Gegenstände sind nützlich zumeist. Schön manchmal. Immer aber zerbrechlich. Es könnte dahinter noch was zu entdecken sein. Anregendes. Nachdenkliches. Gefühle wecken. Erinnern, bewegen und hoffen wider alle Hoffnung.

Alles das kann geschehen, denn der Autor dieses Büchleins hat Gläsernes ins rechte Licht gerückt. Im richtigen Moment auf den Auslöser der Kamera gedrückt. Die Fotos im PC modifiziert. Um sich inspirieren zu lassen zu dem, was Sie in diesem Büchlein lesen. Glücklich, wenn Schönes Sie berührt. Und nachdenklich. Erkennen Sie sich selbst in dem ein oder anderen.

Taschenbuch und Hardcover mit 96 Seiten. Auch als E-Book lieferbar.

ROLLENTAUSCH ist ein Bühnenstück, das die bisherige Lesart auf den Kopf stellt. Laut Bibel hat Gottvater zuerst den Mann erschaffen, dann erst Eva. Der Autor lässt in seinem Bühnenstück Gott seinen Schöpfungsakt überdenken und zu dem Entschluss kommen, noch mal von vorne zu beginnen und die Frau als Erste zu erschaffen. Ein Gleichnis mit vielen Bezügen zu aktuellen Äußerungen und Ereignissen.

Taschenbuch mit 104 Seiten.

Otto W. Bringer
WER BIST DU, PAPA?
Warum hast du mich
nie umarmt? Gesagt,
was du denkst, fühlst,
dass du kein Nazi warst?

Der Autor wusste praktisch nichts über seinen Vater, was er gedacht, gefühlt, geliebt. Wie sein beruflicher Alltag aussah. Nur ein altes Foto, zufällig entdeckt beim Aufräumen. Sich nur erinnert, was er gesehen, gefühlt als Kind. Schüler, Flakhelfer und Soldat Ende des Zweiten Weltkrieges. Gewusst nur, dass sein Vater 1915/16 als Soldat in Riga war. Fragt sich: War er beteiligt an der Zerstörung der Stadt? An der Verhaftung von Juden?

Taschenbuch und Hardcover mit 240 Seiten. Auch als E-Book lieferbar.

Otto W. Bringer
Die Macht der Meinung
gesprochen, gedruckt oder digitalisiert

Jeder hat eine Meinung von Dingen, Gott, Natur, Politik und allem, was passiert. Auch von sich und anderen Menschen. Solange sie nicht andere beleidigt oder bedroht, ist sie legitim. Lobenswert die Meinung anderer zu akzeptierten, auch wenn sie der eigenen widerspricht. Ideal geradezu, lädt sie ein zu diskutieren, einen gemeinsamen Nenner zu finden, einen Kompromiss. In diesem Buch hat der Autor alle Aspekte der Meinungsbildung erläutert. Ursachen, Methoden, Meinungen friedlich zu äußern oder anderen gewaltsam aufzuzwingen. Gelangt zu der Erkenntnis, dass heute eine Meinungs-Diktatur herrscht.

Taschenbuch und Hardcover mit 196 Seiten. Auch als E-Book lieferbar.

Wer ist dieser Piccolo? Dem Zunamen nach Italiener. Erfolgreicher Enkel des ersten Einwanderers aus Sizilien. Fritz statt Federico zeigt, er hat sich gut integriert. Ein i im Namen wie abertausend andere. Mit einem Punkt darüber, sonst hieße er nicht Piccolo. Der einzige Buchstabe im Alphabet mit einem Punkt muss ihn fasziniert haben, denn alle seine Produkte haben ein i im Namen. Sie scheinen unauffällig, überraschen den Käufer in der täglichen Praxis.

Der 1,52 m kleine Mann hat Visionen und Einmaliges im Sinn, das er noch geheim hält. Bundeskanzler Schmidt hätte ihn zum Arzt geschickt. Fritz Piccolo aber ist ein ganz besonderer Visionär. Hätte Schmidt ihn persönlich gekannt, wäre er Psychotherapeut geworden statt Politiker, um Piccolo sein Geheimnis zu entlocken.

Taschenbuch und Hardcover mit 260 Seiten. Auch als E-Book lieferbar.

Wer ist schon mit seinem Rufnamen einverstanden, auf den er keinen Einfluss hatte? Der Protagonist dieses Büchleins ist einer, der seinen Namen nicht mochte. Otto klang ihm zu altbacken. Bis eine Freundin ihm vorschlug, seinen Namen auf zwei Buchstaben zu verkürzen. Raten Sie mal, welche.

Taschenbuch und Hardcover mit 84 Seiten. Auch als E-Book lieferbar.

Otto W. Bringer
Was wäre, wenn
Tote wieder
auferstünden?
Begegnungen

🄞 tredition'

Ehrlich, wer hat sich nicht schon einmal gewünscht, den Tod zu verhindern? Oder Verstorbene wieder zum Leben zu erwecken, sie zu lieben, mit ihnen gemeinsam von vorne anzufangen. Nachholen, was sie versäumt. Gelänge es ihnen, wären sie Jesus, der Einzige, dem es gelang, wieder aufzuerstehen und auch allen Sterblichen ewiges Leben im Jenseits versprach, wenn sie an ihn glauben, seinen Gebote folgen. Auch in anderen Religionen gibt es ein Weiterleben nach dem Tod. Weil Menschen sich wünschen, ewig zu leben?

Mit Sachkenntnis und Fantasie schafft es der Autor, dass wir Toten von 1540 v. Chr. bis heute begegnen.

Taschenbuch und Hardcover mit 368 Seiten. Auch als E-Book lieferbar.

Zeitfracht Medien GmbH
Ferdinand-Jühlke-Straße 7
99095 Erfurt, Deutschland
produktsicherheit@kolibri360.de